動物《どうぶつ》と話せる少女《しょうじょ》リリアーネ

Illustrated by 駒形

Gakken

動物《どうぶつ》と話せる少女《しょうじょ》リリアーネ 10

小さなフクロウと森を守《まも》れ!

タニヤ・シュテーブナー 著
中村 智子 訳

LILIANE SUSEWIND
Eine Eule steckt den Kopf nicht in den Sand

by Tanya Stewner

Published by arrangement with Meike Marx Literary Agency, Japan

もくじ

登場人物《とうじょうじんぶつ》＊紹介《しょうかい》

リリアーネ（リリ）

主人公《しゅじんこう》。小学四年生。どんな動物《どうぶつ》とも話せ、植物《しょくぶつ》を元気にするという不思議《ふしぎ》な能力《のうりょく》がある。

イザヤ

リリアーネのとなりの家《いえ》に住《す》む小学五年生。ギフテッドと呼《よ》ばれる天才少年《てんさいしょうねん》でリリアーネの親友《しんゆう》。

ボンサイ

リリアーネの飼《か》い犬。リリアーネと大の仲《なか》よし。

シュミット伯爵夫人《はくしゃくふじん》

イザヤの飼《か》い猫《ねこ》。気位《きぐらい》が高く、気むずかしいが、根《ね》はやさしい。

トリクシィ
以前《いぜん》はリリアーネをいじめていたが、今《いま》はリリアーネと大の仲《なか》よし。

トルーディ
人間《にんげん》に飼《か》われていたキンメフクロウの子ども。

ヴォルケ
内気《うちき》ではずかしがり屋《や》だが、リリアーネとトリクシィには心《こころ》を開《ひら》いている。

ウフーニバルト
森に住《す》むワシミミズク。豊《ゆた》かな森での生活《せいかつ》に満足《まんぞく》している。

グロリア
リリアーネを目のかたきにしていて、ヴィクトリアといっしょに意地悪《いじわる》をする。

春

「わたくし、とっても気分がようございます」赤茶色《あかちゃいろ》のトラ猫《ねこ》はそう言うと、深《ふか》く息《いき》をはきだしました。「たいへんよろしゅうございますの」

少女《しょうじょ》は、赤いくせ毛を指《ゆび》に巻《ま》きつけながら言いました。「よかったですね」

少女の名前はリリアーネ・スーゼウィンド。みんなから、リリと呼《よ》ばれています。リリには、トラ猫《ねこ》がなにを話しているのかがわかります。それは、リリにとってはごくふつうのこと。なぜなら、リリには動物《どうぶつ》の言葉《ことば》がわかるからです。

それなのに、今《いま》は、聞きまちがえたのかと思いました。

「気分がいいって、ほんとうですか?」

「ええ。それも、きわめてよろしゅうございます! なにもかもが、じつにすばらしい!」猫《ねこ》は大きな声で返事《へんじ》をしました。

猫《ねこ》の名前はシュミット伯爵夫人《はくしゃくふじん》。高貴《こうき》な名前のついた猫《ねこ》には、リリもいつもていねいな言葉《ことば》で話しかけなければなりません。

リリはあっけにとられて猫《ねこ》を見つめました。シュミット伯爵夫人《はくしゃくふじん》のきげんがこれほどいいのはふつうではありません。「なにがそんなにすばらしいのですか？」

「生命《せいめい》！　それをとりまくすべてのもの！　それに、わたくし自身《じしん》！」猫《ねこ》は甘《あま》い声を出しました。「わたくしはとても魅力的《みりょくてき》。ほかのものも、わたくしと同じくらい魅力的《みりょくてき》。ごらんあそばせ。あちらの木の枝《えだ》にお花がゆれていますわね。まるで、わたくしたちに手をふっているようでございますわ。それに、その横《よこ》のあれも、なんてすてきなのかしら。思わず息《いき》をのんでしまいますわ！」

リリは窓《まど》の外にある、猫《ねこ》に言われたものを見ました。大型《おおがた》のごみ容器《ようき》です。それから、猫《ねこ》の気持《きも》ちをわかったようなふりをして、うなずきました。けれどもリリには、なにをそんなに感動《かんどう》しているのか、猫《ねこ》の気持《きも》ちがさっぱりわかりません。シュミット伯爵夫人《はくしゃくふじん》はひどく陽気《ようき》です。しかも、とても奇妙《きみょう》です。

「世界《せかい》をまるごとだきしめとうございます！」猫《ねこ》はゴロゴロ喉《のど》を鳴《な》らし、窓台《まどだい》の

上でおどるように飛《と》びまわりました。「世界《せかい》を、そのかがやかしいとびきりの存《そん》在《ざい》を！　すべていっしょにだきしめたい！」

リリはしだいに心配《しんぱい》になってきました。そして、頭をかきながら考えました。

「わあ、また始《はじ》まった」うしろから声がし、イザヤ・ストームワーグナーがドアを開《あ》けて食堂《しょくどう》に入ってきました。イザヤはいつもと変《か》わらず、きょうもとびきりすてきです。黒いくせのある髪《かみ》に、いたずらっぽいほほえみをたたえるそんな少《しょう》年《ねん》に、数えられないほどたくさんの女の子たちがあこがれています。イザヤは学校一の人気者《にんきもの》なのです。しかも、リリの一番《ばん》の友だちでもあります。それだけではありません。今《いま》、イザヤはスーゼウィンド家《け》でくらしています。イザヤのお父《とう》さんとお母《かあ》さんが仕事《しごと》のためにブラジルへ行ってしまい、しばらく帰《かえ》ってこないからです。

リリは不思議《ふしぎ》そうにイザヤを見つめました。「なにが始《はじ》まったの？」

「春だよ。恋《こい》の季節《きせつ》をむかえて、シュミちゃん、うかれているんだよ」イザヤは

説明《せつめい》すると、にこにこしながら猫《ねこ》を観察《かんさつ》しました。

猫《ねこ》は夢中《むちゅう》になって植木《うえき》ばちに体をこすりつけています。「心《こころ》をうばわれるような、みごとな植木《うえき》ばち！」猫《ねこ》はニャアと鳴《な》きました。

「そうよ！」リリは自分《じぶん》のひたいをたたきました。今《いま》は四月の中旬《ちゅうじゅん》。春、真《ま》っさかり。スーゼウィンド家《け》の庭《にわ》の木々や茂《しげ》みは色とりどりにかがやいています。「恋《こい》の季節《きせつ》ね……」

「去年《きょねん》も、木の芽《め》が出てきたころに、こんなふうにしていたよ」イザヤは

言いました。「あのときは、ずっとニャアニャア鳴《な》きつづけていた。興奮《こうふん》しすぎておかしくなってしまったのかと思《おも》った」シュミット伯爵夫人《はくしゃくふじん》は、イザヤの家《いえ》の猫《ねこ》です。一年前、リリはまだイザヤとシュミット伯爵夫人《はくしゃくふじん》には出会っていませんでした。リリがこの家《いえ》に引《ひ》っ越《こ》してきてからまだ一年もたっていないというのに、さまざまなできごとがあり、リリはイザヤとシュミット伯爵夫人《はくしゃくふじん》とともに、たくさんの冒険《ぼうけん》を体験《たいけん》しました。そんなわけで、イザヤとシュミット伯爵夫人《はくしゃくふじん》のいない人生《じんせい》を、今《いま》のリリにはまったく想像《そうぞう》できませんでした。

ちょうどそのとき、猫《ねこ》がニャオンとかん高い声をあげました。歌《うた》っているのです。「♪おお、すばらしい春！　お帰《かえ》りなさい〜」猫《ねこ》の歌声《うたごえ》はひどく奇妙《きみょう》です。

リリは耳をふさぎたくなりました。

イザヤは笑《わら》っています。「この歌《うた》、去年《きょねん》も歌《うた》っていたよ！」

そこへ、白い小さな犬が勢《いきお》いよくかけこんできました。「なんだ、なんだ、どうしたんだ？」犬はキャンキャンほえながら、ぴょんと窓台《まどだい》に飛《と》びのりました。

「シュミちゃん、どうしたんだ？　なんでそんなへんな声を出しているんだよ。しっぽでもふまれたのか？　どこか痛《いた》いところでもあるのかなあ」犬には、シュミット伯爵夫人《はくしゃくふじん》の話していることがわかりません。犬語《いぬご》と猫語《ねこご》はまったくちがう言葉《ことば》だからです。このときリリは、犬がしゃべっていることを通訳《つうやく》しないほうがいいと考《かんが》えました。

猫《ねこ》はあお向《む》けになり、ごろごろ転《ころ》がりながら、あいかわらず歌《うた》いつづけています。「♪はーる、うらら～、はーる、きらきら～、なにもかも、ぴかぴか～……」

ボンサイという名の小さな雑種犬《ざっしゅけん》は、猫《ねこ》の胸《むね》の毛をなめ始《はじ》めました。「シュミちゃん、かわいそうに。きっと、とてもたいへんなことがあったんだね」

「シュミちゃんは春なのよ」リリは犬に説明《せつめい》しました。

ボンサイは、体をこわばらせました。「なんてこった！　シュミちゃん、春になっちゃったのか。それで、春って歩けるの？」

「そうねえ、わたしにはなんとなくわかるわ。こんなときには、ふわふわ飛《と》んで

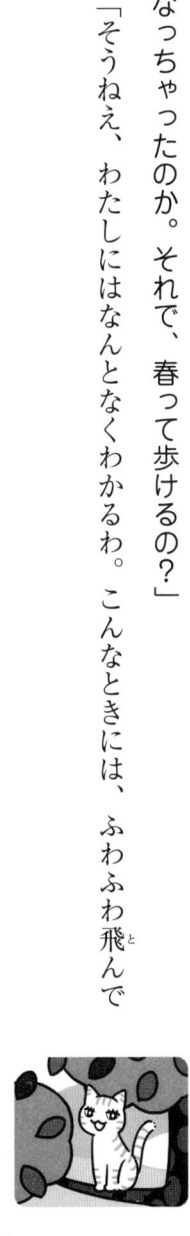

いるのよ」リリがにこにこしながら答えると、イザヤも笑《わら》いました。

ボンサイは深《ふか》く感動《かんどう》しています。「へえ、すごいなあ。シュミちゃん、空《そら》を飛《と》べるのか！」

「ボンサイ伯爵《はくしゃく》」猫《ねこ》は犬を呼《よ》ぶと、おきあがりました。「わたくし、たいへん気分がようございます」リリが通訳《つうやく》する前に、猫《ねこ》はさらに話しつづけました。「たった今《いま》、決心《けっしん》しましたの。わたくしの人生《じんせい》に、もっとおふざけの時間をとりいれることにいたしましたの。そこで、どのようなことをするか考えましたのよ」猫《ねこ》はリリのこしに頭をこすりつけました。「スーゼウィンド嬢《じょう》、伯爵《はくしゃく》にわたくしの考えを伝《つた》えてちょうだい」

リリは言われたとおり、犬に通訳《つうやく》しました。

「なんだって？」犬はとまどいワンワンほえました。「おふざけ？」

「シュミット伯爵夫人《はくしゃくふじん》はね――」

「おいら、ブラシかけられちゃうの？」ボンサイは、リリをさえぎるようにたずねました。「それならいやだよ。おいら、シュミちゃんのことはすごくいいと思うよ。でも、ブラシだけはごめんだよ！」

「ちがうわ、ボンサイ。おふざけというは、遊《あそ》ぶこと。楽しい、愉快《ゆかい》なこと」

「それなら、なにかを土の中にかくしたりするの？」

「そうじゃないわ。そうねえ。冗談《じょうだん》を言ったり、はしゃぎまわったりすることかしら」リリは考えながら説明《せつめい》しました。「みんなでいっしょにやれば、楽しいわよ」

「そうか。テーブルの脚《あし》をガリガリかじるとか、そういうやつ⁉」

リリはため息《いき》をつきました。きのう、シュミット伯爵夫人《はくしゃくふじん》とボンサイは、二匹《ひき》で食堂《しょくどう》のテーブルの脚《あし》をかじってしまったのです。

猫《ねこ》は犬に向《む》かって言いました。「ボンサイ伯爵《はくしゃく》、ついていらっしゃい。わたくしの体はよみがえったように、力がみなぎっておりますの。おふざけの冒険《ぼうけん》が、目の前にせまっておりますわ。あとは、それをするだけ！」

猫《ねこ》は犬にやさしく体当《たいあ》たりし、ついてくるよう命令《めいれい》しました。そして、窓台《まどだい》からぴょんと飛《と》びおりました。

「おいら、いっしょにやるよ」ボンサイはウォッとほえ、猫《ねこ》にしたがいました。

「シュミちゃんがなにかを転《ころ》がして、おいらがそれをつかまえるとか。そういうのってすごいと思うんだ。それとも、空を飛《と》ぶのかなあ……」

リリは二匹《ひき》を見送《みおく》りました。笑《わら》っていいのか、心配《しんぱい》したほうがいいのか、わかりませんでした。けれども、動物《どうぶつ》たちはほかのことに夢中《むちゅう》になっています。それ

ならば、リリがこれからしようとしていることには、気がつかないでしょう。

「どれくらい進《すす》んだかい？」おばあちゃんの声で、リリははっとわれに返《かえ》りました。おばあちゃんが食堂《しょくどう》のドアからひょっこり顔を出して、中をのぞきこみました。「荷《に》づくりはもうすんだのかい？」

「だいじょうぶです」イザヤはかがやくような笑顔《えがお》で、おばあちゃんに返事《へんじ》をしました。

「おや、まだ始《はじ》めてもいないのかい？」おばあちゃんはあきれ返《かえ》り、ふたりを食《しょく》堂《どう》から追《お》いたてました。「出発《しゅっぱつ》まであと四十五分《ふん》しかないんだよ！」

「どっちが早くできるか競争《きょうそう》だ！」イザヤは階段《かいだん》をかけあがり、部屋《へや》に姿《すがた》を消《け》しました。リリも自分《じぶん》の部屋《へや》へ急《いそ》ぎ、荷《に》づくりのつづきを始《はじ》めました。きょうから、リリとイザヤのクラスは、合同《ごうどう》で宿泊体験《しゅくはくたいけん》の合宿《がっしゅく》をします。集合《しゅうごう》時間に遅《おく》れるわけにはいきません。それに、イザヤよりも早く荷《に》づくりをおえたいところです。

リリは手当たりしだいに、大きなカバンにどんどん荷物《にもつ》をつめこみました。とこ

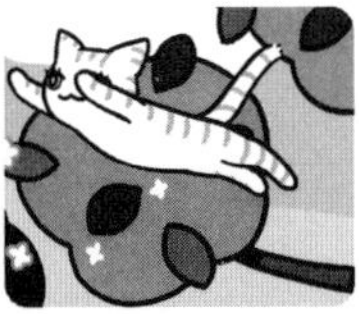

ろが、ボンサイのお気に入りのおやつの骨《ほね》をつかんだときに、手を止《と》めました。合宿《がっしゅく》には、ボンサイとシュミット伯爵夫人《はくしゃくふじん》は参加《さんか》できません。ペットを連《つ》れていくのは禁止《きんし》です。リリは規則《きそく》にさからいたくありませんでした。同級生《どうきゅうせい》も、ペットを連《つ》れてはきません。ボンサイとシュミット伯爵夫人《はくしゃくふじん》がいないと、ひどくさみしく感《かん》じられるでしょう。けれども、自分《じぶん》だけ特別《とくべつ》あつかいしてもらうわけにはいきません。この学校に転校《てんこう》してきてから、リリは自分《じぶん》の特別《とくべつ》な能力《のうりょく》のことで注目《ちゅうもく》を浴《あ》びてきました。〝奇跡《きせき》の少女《しょうじょ》〟がなにかしゃべってくれるのではないかと期待《きたい》して、いつも、何人かのレポーターが家《いえ》の前で待《ま》ちかまえています。けれどもリリは、自分《じぶん》が姿《すがた》を見せることで、さらなるさわぎをおこしたくありませんでした。それに、きょうからの五日間の合宿《がっしゅく》では、ほかの生徒《せいと》たちに交《ま》じって、ごくふつうの女の子として、静《しず》かにすごしたいと心《こころ》から願《ねが》っていました。ボンサイとシュミット伯爵夫人《はくしゃくふじん》がそばにいれば、そうはいきません。そう考えれば、ペット禁止《きんし》の規則《きそく》もがまんできます。リリは大きく息《いき》をはきだし、骨《ほね》のおやつをよけました。

そのとき、部屋《へや》の外で小さな物音《ものおと》がしました。だれかが興奮《こうふん》しながらこそこそと話しています。少《すこ》しばかりおさえ気味《ぎみ》のウォッという声です。

リリはろうかのようすを見ようと、ドアを開《あ》けて一歩《ぽ》ふみだしたところで、ボンサイにつまずきそうになりました。

「ねえ、リリ！　シュミちゃんとふたりですごいことをやったんだ！」小さな犬はリリに飛《と》びつきながら、キャンキャンほえました。「ねえ、ねえ、すごいんだよ！　ふたりとも、とってもすごいんだ――」

「ちょっと待《ま》って、ボンサイ！」リリは小さな犬の頭《あたま》を軽《かる》くたたいて落《お》ちつかせようとしました。「それでは、なにを言いたいのかちっともわからないでしょ」

「ちょっと、お待《ま》ちになって、だめですわよ！」シュミット伯爵《はくしゃく》夫人《ふじん》は怒《おこ》った表情《ひょうじょう》で、棚《たな》のうしろから姿《すがた》をあらわしました。「ボンサイ伯爵《はくしゃく》、まさか、言いふらしていらっしゃるのではございませんこと？」猫《ねこ》は犬の横《よこ》に立ちました。

「そうはいきませんわ！　おふざけは、まだ、すべてはおわってはおりませんのよ！　すんでしまってから、お知らせしてちょうだい！」

もちろん、ボンサイは猫《ねこ》の言葉《ことば》をまったくわかっていません。それに、リリも通訳《つうやく》してあげません。

「リリ！」ボンサイは興奮《こうふん》し、リリの足元《あしもと》でキャンキャンほえつづけました。

「おいら、シュミちゃんとふたりでリリの靴《くつ》を運《はこ》んだんだ！　シュミちゃんが一つ、おいらがもう一つ。ひとり一つずつくわえて、外へ行ったんだよ」

リリは驚《おどろ》いて、ボンサイの話に聞き耳を立てました。

「それから、うちの裏《うら》の水たまりに靴《くつ》をつけて、びしょびしょにぬらしたんだ。それから、ふたりでまたその靴《くつ》を引《ひ》きずってもどってきて、あそこに並《なら》べてみたんだ」犬は階段《かいだん》のおどり場《ば》を見ました。リリは犬が見ている方向《ほうこう》に顔を向《む》けました。そこにはリリのスニーカーがあります。びしょびしょにぬれています。しかも、どろだらけです。

「リリがそれをはいたら、きっと、すごく愉快《ゆかい》だよ！」ボンサイは、興奮《こうふん》しながらほえました。「だって、びしょびしょなんだもん！」

そこへ、シュミット伯爵夫人《はくしゃくふじん》がボンサイとリリの間にわって入りました。「スーゼウィンド嬢《じょう》、これから少《すこ》しお散歩《さんぽ》でもいかが？」猫《ねこ》はずるがしこそうに目を光らせ、たずねました。「あそこにお靴《くつ》がございますわ」

猫《ねこ》の考えるいたずらとはこういうことだったのです！

「今《いま》は散歩《さんぽ》には行かれません」リリは答えました。「それにこんなおふざけ、ちっともおもしろくありません！」

「なんだって？」ボンサイは前足を持《も》ちあげました。「だって……ぬれているんだよ！　リリ、びしょぬれじゃないか！　めちゃくちゃ愉快《ゆかい》だよ！」

「まあ、なんてこと！　もしかしてボンサイ伯爵《はくしゃく》、ひみつをばらしちゃったのね！」シュミット伯爵夫人《はくしゃくふじん》は悲鳴《ひめい》をあげ、ボンサイをにらみつけました。そして、犬の鼻《はな》にガブッとかみつきました。

ボンサイは身《み》をすくめました。「シュミちゃん」犬は驚《おどろ》いてウォッとほえました。「おいらの鼻《はな》……」

猫《ねこ》は鼻《はな》に食《く》らいついたまま、はなそうとしません。「伯爵《はくしゃく》……すべて……ばらしちゃったのね……計画《けいかく》が……水のあわ……」猫《ねこ》はボンサイの鼻《はな》づらをくわえたまま、口をもぐもぐと動《うご》かしました。「やりきれ……ませんわね」

「いててっ！」ボンサイはキャンキャンほえました。

「ボンサイをはなしてください！」リリはさけびましたが、猫《ねこ》は、はなしません。

「おふざけというものは、すべてがすんでしまうまで、ひみつにしておくものです！」猫《ねこ》はもごもごと、はっきりしない声で鳴《な》きました。「スーゼウィンド嬢《じょう》、伝《つた》えてちょうだい。そうしたら、はなしてさしあげます！」

リリはあわてて通訳《つうやく》しました。

「あっ、そうか！」ボンサイは大きな声で鳴《な》きました。「それなら先にそう言ってくれればいいのに！」

「ボンサイはちゃんとわかりました！」リリが急《いそ》いで説明《せつめい》すると、シュミット伯《はく》爵夫人《しゃくふじん》はボンサイの鼻《はな》をはなしました。

リリはほっと息《いき》をはきだしました。

「まったく、まいりましたわね」猫《ねこ》は、口のまわりをなめながらニャアと鳴《な》きました。「鼻《はな》をかじるといった乱暴《らんぼう》なやり方《かた》は、わたしも好《す》きではございません。おふざけといえども、わたしはしんけんですのよ！」

リリは首《くび》をふり、二匹《ひき》に背中《せなか》を向《む》けて、つぶやきました。「さてと、さっさと荷《に》づくりをおわらせてしまわないと」その瞬間《しゅんかん》、リリは体をこわばらせました。しまった！　リリは下くちびるをかみました。なんてことを言ってしまったのでしょう！　リリはゆっくりとふり返《かえ》りました。

ボンサイとシュミット伯爵夫人《はくしゃくふじん》は目を丸くしてリリを見つめています。

「なんで荷《に》づくりなんかしているのさ」ボンサイは、ヘッヘッヘッと息《いき》をしながらたずねました。「どこへも行かないよね？　そうじゃないの？」

リリはごくりとつばをのみこみました。「えっと……」

シュミット伯爵夫人《はくしゃくふじん》はリリの足の間をするりとぬけ、部屋《へや》の中に入り、ベッドに飛《と》びのりました。「まあ、やっぱり！」猫《ねこ》はリリの旅行《りょこう》カバンの上にどかっとすわりました。「旅《たび》でございますわね！　すばらしい」

ボンサイもベッドに飛《と》びのり、リリの荷物《にもつ》をかぎまわりました。「今《いま》、これから？　ほんとうに行くの？　みんなで旅行《りょこう》するの？　いいぞ、いいぞ！」

リリは二匹《ひき》にほんとうのことを伝《つた》えなければなりません。「そうじゃないの。みんなでは行かない」

「ちがうの？　どういうこと？」ボンサイはおずおずとしっぽをふりました。「旅《りょ》行《こう》するふりをしていたの？」

リリは胸《むね》が苦《くる》しくなりました。「旅行《りょこう》するのはわたしだけ。あなたたちはお留《る》守番《すばん》」

「なんですって？」シュミット伯爵夫人《はくしゃくふじん》の耳がピクッとうしろに向《む》きました。

「わたくし、聞きまちがえをしてしまったようですわね」

「リリ……」ボンサイはクンクン鼻《はな》を鳴《な》らしました。「おいら、体を丸めて小さくなるよ。そうすれば、ちっとも目立たないよ！」

リリはうなだれ、ぼそぼそ言いました。「そうはいかないの。ほんの五日間だけだから……」

「フンッ！」シュミット伯爵夫人《はくしゃくふじん》は息《いき》をはきだし、カバンから飛《と》びおりました。

「わかりましたわ！　たかだかそんなことで、せっかくのいい気分をだいなしにされたくありませんもの！」猫《ねこ》はそう言うと、鼻《はな》をつんとあげてえらそうに去《さ》っていきました。

ボンサイは用心深《ようじんぶか》くリリの手をなめました。「リリ、悲《かな》しそうだね！　頭が下を向《む》いてるよ」

「そうね。あなたたちを連《つ》れていってあげられなくて、悪《わる》いと思っているの」リリは小さな声で答えました。「それに、あなたたちがいないと、とてもさみしい」

「仕方《しかた》ないさ。少《すこ》しの間だけさ。おいらもシュミちゃんもがまんできるよ」ボンサイは鼻先《はなさき》でリリの手をつついて、はげましました。「それでもおいら、リリのことをきらいになったりしないよ。とっても大好《だいす》きさ」

リリは、ボンサイをぎゅっとだきしめました。「あなたは世界《せかい》でもっとももすてきな犬よ」リリはささやき、犬のぼさぼさの毛に顔をおしつけ、なみだをぬぐいました。

「そうさ」ボンサイは言いました。

リリはほほえみ、もう一度《ど》ぎゅっとだきしめました。

「おわったよ！」そこへ、イザヤが大きな声をあげて部屋《へや》の中へ飛《と》びこんできました。「あれ、どうかしたの？」

「ううん、なんでもない」リリは深《ふか》く息《いき》をすいこみました。「さあ、出発《しゅっぱつ》よ」

体験合宿《たいけんがっしゅく》

「あのバスだな！」リリのパパは、駐車場《ちゅうしゃじょう》が空《あ》いていないかきょろきょろしながら、大きな声で言いました。「たいへんなさわぎだなあ！」

観光《かんこう》バスのまわりは人でごった返《がえ》していました。生徒《せいと》たちとその親《おや》、それに先生たちがせわしなく走《はし》りまわっています。リリとイザヤのクラスは合同《ごうどう》で、これからツップリンゲンへ向《む》かいます。けれども、生徒《せいと》たちはだれもそれほど楽しみにしていません。なぜなら、そこはとなり町だし、ちっともおもしろい場所《ばしょ》ではないからです。そんなわけで、ツップリンゲンの森の合宿所《がっしゅくじょ》で五日間すごすこの合宿《がっしゅく》に、歓声《かんせい》をあげて喜《よろこ》ぶ生徒《せいと》はひとりもいませんでした。

「だめだ。どこにも止《と》められない。いっぱいだよ！」パパはうめき声をあげました。

「それなら道《みち》ばたにちょっと止《と》めて、おろしてよ」リリは言いました。

パパは車を止《と》めました。「こんなところに止《と》めさせるなんて！　パパにキスされるところを友だちに見られたくないからだろう！」

「そうよ」リリはすまなそうにほほえみ、古《ふる》い黄色《きいろ》い車をおりました。イザヤも後部座席《こうぶざせき》から飛《と》びおり、トランクからカバンをとりだしました。

「リリ、いつからそんなにおとなになってしまったんだ」パパは車をおりて、うしろにまわり、たずねました。「せめて、ハグぐらいしてもいいだろう？」

　そのとき、うしろの車の運転手《うんてんしゅ》がクラクションを鳴《な》らし、早く道《みち》を開《あ》けるようせかしました。リリはパパにさっとだきつき、小さな声で言いました。「行ってきます、パパ」こうしてリリはバスに向《む》かいました。イザヤはパパと元気よくあく手をして、別《わか》れを告《つ》げると、リリを追《お》いかけました。

「おーい、同志《どうし》！」こげ茶色《ちゃいろ》の髪《かみ》の少年《しょうねん》が大声で呼《よ》びかけ、イザヤをあく手でむかえました。イザヤの仲間《なかま》のひとり、ファービオです。それにつづいて、何人かの少年《しょうねん》たちがイザヤにかけよりました。みんなはだらしない姿勢《しせい》で立ちながら、

やみくもにしゃべっていいます。そんな自分《じぶん》たちをかっこいいと思っているのです。それを見て、リリはあきれたように目をくるりとまわしました。学校では、イザヤと話すのはとてもむずかしいのです。それは、イザヤがクールな少年《しょうねん》グループの中心人物《ちゅうしんじんぶつ》だからです。それにリリは、イザヤの〝同志《どうし》〟たちのことを好《す》きではありません。

けれども、リリにも友だちがいます。ですから、イザヤといっしょにいられなくてもちっともかまいません。「おはよう、ヴォルケ！」リリは人をかきわけ、大きなメガネをかけた、きゃしゃな少女《しょうじょ》に近づきました。

「おはよう！　ずいぶん遅《おそ》かったわね」ヴォルケはごきげんです。

「ボンサイとお別《わか》れしていたの」リリの気持《きも》ちを軽《かる》くしようと、なぐさめてくれた小さな犬の姿《すがた》を思いだし、またもや胸《むね》がしめつけられて苦《くる》しくなりました。

「しょんぼりしない。さあ、顔をあげて！」だれかがリリのあごをツンツンとつつきました。

「おはよう、トリクシィ！」リリはあいさつしました。かつて、トリクシィはリリの敵《てき》でした。けれども今《いま》では親友《しんゆう》のひとりです。

「そんな顔をしていちゃだめよ」そばかす顔の、背《せ》の高い金髪少女《きんぱつしょうじょ》は言いました。

「もうじき誕生日《たんじょうび》じゃない。あなたもやっとわたしたちに追《お》いつくわね」

リリはため息《いき》をつきました。もうすぐ年齢《ねんれい》が一つあがります。それは楽しみですが、体験合宿《たいけんがっしゅく》の間に誕生日《たんじょうび》をむかえてしまうのは、ちょっぴり残念《ざんねん》に思いました。ほんとうなら、もっと楽しい時間をすごしたかったのです。イザヤとヴォルケ、トリクシィ、ソニヤ、それに、ほかの同級生《どうきゅうせい》を何人か招《まね》き、自分《じぶん》のうちで小さなパーティーを開《ひら》きたいと思っていました。けれども、今年《ことし》はあきらめなければなりません。

「あら、スーパースター！」とつぜん、となりから声が聞こえてきました。グロリアです。同じクラスの少女《しょうじょ》です。リリはグロリアのことをあまり好《す》きではありません。バースデーパーティーを開《ひら》いても、きっと招待《しょうたい》しないでしょう。「最近《さいきん》、テレビでちっともあなたの姿《すがた》を見かけないわね。そろそろレポーターたちにあきられてきちゃったのかしら?」

確《たし》かに、ここのところ、スーゼウィンド家《け》の前で待《ま》ちかまえているレポーターの数はへってきています。リリが新聞《しんぶん》やテレビのインタビューに、かたくなに答えようとしないからです。それでも、今《いま》でも少《すく》なくともふたりは見かけます。

「そんなこと、どうでもいいわ」リリは話をそらそうとしました。

「そっとしておいてくれれば、あなたにとってもいいわよね」グロリアはリリをじっと見つめました。その目には同情《どうじょう》か、それに似《に》たような気《き》持《も》ちがあらわれていました。「とてもきついでしょうね。追《お》いかけまわされるのは」

グロリアの言うとおりです。けれどもリリは、そのことについて、グロリアとは話したくありませんでした。

そこへ、グロリアの親友《しんゆう》、ヴィクトリアが加《くわ》わりました。「ねえ、マイラとイザヤってなにかあるの?」ヴィクトリアはグロリアにたずねると、左のほうを見

ました。

リリもヴィクトリアが見ているほうを見ました。イザヤは仲間《なかま》といっしょではありません。イザヤと同じクラスのとてもきれいな少女《しょうじょ》、マイラと話しています。

リリは、ふたりが話しているのを、ここのところよく見かけます。

「あのふたり、あやしい関係《かんけい》かもね」グロリアはヴィクトリアに言いました。

「だって、この間、ふたりで映画《えいが》を見にいったのよね」

「それからアイスを食べたんだって！」ヴィクトリアが熱《あつ》くなってさけびました。

イザヤとマイラが笑《わら》い合っています。リリはそれを見ると、胸《むね》がちくりと痛《いた》みました。ふたりで映画《えいが》を見にいった、それからアイスを食べた、それは、ほんとうのことでしょうか？　リリは知りません。どうしてイザヤはリリに話してくれなかったのでしょうか？

トリクシィは胸《むね》の前で腕組《うでぐ》みし、グロリアに荒《あら》っぽい言葉《ことば》づかいで言いました。

「あっちに行きな、ポトフスキ」それから、ヴィクトリアに向《む》かって言いました。

「シュルツ、あんたもね！」

トリクシィはこんなふうに乱暴《らんぼう》になってしまうことがあります。以前《いぜん》は、なぐり合いをしたこともありました。そのような暴力《ぼうりょく》は、もう長いことふるっていませんが、ぶっきらぼうな口調《くちょう》が、意地悪女子《いじわるじょし》グループのリーダー時代《じだい》を思いおこさせます。グロリアもヴィクトリアも、トリクシィがひきいていた意地悪《いじわる》グループのメンバーでした。けれどもトリクシィは、心《こころ》を入れかえてからは、このふたりとかかわり合わないようにしています。

グロリアとヴィクトリアは見下《みくだ》したようににやりと笑《わら》い、ぶらぶらとその場《ば》からはなれていきました。

そのとき、リリのクラスの担任《たんにん》、ギュムニヒ先生が大きな音をたてて手をたたきながら、みんなに知らせました。「さあ、荷物《にもつ》を積《つ》んで！　バスに乗《の》ってもいいぞ」

先生が話しおわらないうちに、生徒《せいと》たちはどっとバスにつめかけ、もみくちゃ

になりながら乗《の》りこみました。特等席《とくとうせき》の最後部《さいこうぶ》の席《せき》をめぐり、あらそっています。目的地《もくてきち》までは遠くありません。ですから、リリとヴォルケとトリクシィは、ふたりがけの席《せき》に三人ですわりました。イザヤはそれよりもうしろのどこかにすわっています。

それから三十分後《ぷんご》。目的地《もくてきち》の合宿所《がっしゅくじょ》に到着《とうちゃく》しました。森のはずれにある、大きな古《ふる》いレンガ造《づく》りの建物《たてもの》です。リリは合宿所《がっしゅくじょ》を見ると、すぐにここが好《す》きになりました。けれどもほかの生徒《せいと》たちは、〝ダサい〟と文句《もんく》を言っています。そんなわけでリリは、口をつぐんでいました。ヴォルケとトリクシィとリリは、がやがやとやかましい集団《しゅうだん》の中を通りぬけ、カバンとリュックサックを合宿所《がっしゅくじょ》の中へ運《はこ》びこみました。それから、少《すこ》しばかりごたごたしたあと、ようやくみんなの部《へ》屋《や》が決《き》まりました。リリは、トリクシィとヴォルケとともに、二階《かい》にある一室《しつ》に泊《と》まることになりました。部屋《へや》の中には二段《だん》ベッドが二台《だい》、椅子《いす》とひじかけ椅子《いす》が一つずつ、それに小さな棚《たな》があります。

「そんなに悪《わる》いところじゃないわよ」リリは三人だけになると言いました。そして、窓《まど》の外に目をやりました。目の前に広がるツップリンゲンの森は、おだやかな鳥《とり》のさえずりに満《み》たされています。

リリは窓台《まどだい》の色あせた古《ふる》いサボテンに目を止《と》め、小さな声であいさつしました。

「こんにちは」そして、とげの間のやわらかい部分《ぶぶん》をそっと指先《ゆびさき》でなでました。すると、それまでうす茶色《ちゃいろ》だったのに、リリがふれた部分《ぶぶん》が、またたくまにみずみずしい緑色《みどりいろ》へと変化《へんか》しました。

「きれいにもようがついたわね」トリクシィがリリの肩《かた》ごしにのぞきこんで言いました。「窓《まど》の下《した》にレポーターがいて、ビデオに撮《と》っていないといいんだけど。あの人たちは、こんなシーンを撮《と》りたくて必死《ひっし》なのよ」

リリはあわててあとずさりました。トリクシィの言うとおりです。マスコミにとってはリリのもう一つの才能《さいのう》も、動物《どうぶつ》と話せる才能《さいのう》と同じくらい興味深《きょうみぶか》いのです。そのもう一つの才能《さいのう》とは、植物《しょくぶつ》に特別《とくべつ》なえいきょうを与《あた》えられること。病気《びょうき》

の植物《しょくぶつ》を元気にしたり、早く成長《せいちょう》させたりすることができるのです。それだけではありません。リリが笑《わら》うと、まわりの花は、あっというまに開《ひら》いてしまいます。そのとき、とつぜん、息《いき》をつまらせたような呼《よ》び声が聞こえてきました。「今《いま》かな？　もういいかい？」

リリはきょろきょろしました。トリクシィでしょうか？　それとも、ヴォルケの声でしょうか？　いいえ、ちがいます。ふたりとも、ベッドに転《ころ》がり遊《あそ》んでいます。

すると、またもや声がしました。「もうダメだ！　ぎゅうぎゅうすぎる！」

このとき、リリは気がつきました。人間《にんげん》の声ではありません。

ヴォルケはまゆをひそめました。「リリ、カバンの中で、なにか動《うご》いているわ」

リリはあわててカバンにかけより、ファスナーを開《ひら》きました。

「ジャジャーン！」とつぜん、シュミット伯爵夫人《はくしゃくふじん》が飛《と》びだし、リリの肩《かた》に飛《と》びのりました。

「ふう！」

ボンサイはリリのセーターの間から頭を出しました。

「ばつぐんのおふざけでございます！」シュミット伯爵夫人《はくしゃくふじん》は、勝《か》ちほこったように言いました。「スーゼウィンド嬢《じょう》、こんなことになろうとは予想《よそう》していらっしゃらなかったでしょ？　ドッキリされた

でしょ。こうでなくっちゃ！　こっそり計画《けいかく》し、思いがけない瞬間《しゅんかん》にいきなりびっくり花火を爆発《ばくはつ》させるのが、最高《さいこう》のおふざけというものですわ！」

リリはきょとんとしていました。荷《に》づくりをおえてカバンをしめるときに、どうして気がつかなかったのでしょうか？　遅刻《ちこく》しそうになって、あわてて家《いえ》を飛《と》びだしたせいでしょう。

「リリ、うれしい？」ボンサイは、ヘッヘッヘッとうれしそうに息《いき》をはずませています。「喜《よろこ》んでる？　シュミちゃんがカバンの中にもぐりこんだから、おいらもいっしょに入ったんだよ……」

リリは犬をだきあげ、なでました。「ええ、とてもうれしいわ」リリは心《こころ》から喜《よろこ》んでいました。これから五日間はふつうの女の子でいたい。でも、動物《どうぶつ》たちがいるとその希望《きぼう》はかなわないでしょう。それでも、ボンサイをだきしめると、とても気分が落《お》ちつきます。

シュミット伯爵夫人《はくしゃくふじん》はリリの肩《かた》の上に乗《の》ったまま、頭をリリのほおになすりつけました。「わたくしがいればお喜《よろこ》びになるかと思っておりましたわ。そもそも、わたくしなしに、ここでどのようにやっていくおつもりでしたの？」

リリはにっこりしました。「はい、もちろん、おっしゃるとおりです。伯爵夫人《はくしゃくふじん》」

「いつもそうですわね」猫《ねこ》はみとめました。

ヴォルケもにっこりしました。「それなら、三人と二匹《ひき》でこの部屋《へや》を使《つか》うのね？」

「そういうことかな」リリは答えました。

トリクシィは肩《かた》をすくめました。「この二匹《ひき》に、なにかを禁止《きんし》しようとしてもむりよね。そんなこと、はじめからわかっていたじゃない」トリクシィは、今《いま》ではボンサイとシュミット伯爵夫人《はくしゃくふじん》の性格《せいかく》をよく知っています。「でも、いっしょにいれば、きっと楽しくなるわよ」

「そうね。そうかもしれない」リリは笑《わら》いました。すると、サボテンにつぼみが一つつき、またたくまに淡《あわ》いピンク色の花が咲《さ》きました。

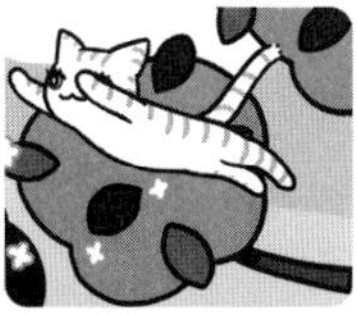

荷物《にもつ》をカバンから出して小さな棚《たな》にしまうと、リリは家《いえ》に電話《でんわ》をかけました。そしてパパに、ボンサイとシュミット伯爵夫人《はくしゃくふじん》が合宿《がっしゅく》についてきたことを説明《せつめい》しました。それから、ギュムニヒ先生をさがしにいきました。リリといっしょに猫《ねこ》と犬も部屋《へや》を出ました。

「リリ、これから飛《と》びにいくの？」ボンサイはたずねました。ところが、さっとろうかのじゅうたんに鼻《はな》をこすりつけました。興味深《きょうみぶか》いにおいがします。「なんとなく、すごく、いっぱいにおうぞ……めちゃくちゃたくさんの人のにおい」

「そうよね」リリはきょろきょろしました。「ギュムニヒ先生をさがしているの。ボンサイ、先生のにおいがわかる？」

「その必要《ひつよう》はございません」シュミット伯爵夫人《はくしゃくふじん》が答えました。「その殿方《とのがた》の音がしますわよ。ついていらして！」猫《ねこ》は先頭《せんとう》を歩《ある》き、二回《かい》かどを曲《ま》がり、大きくドアの開《ひら》いた部屋《へや》に姿《すがた》を消《け》しました。リリとボンサイは追《お》いかけました。猫《ねこ》の言うとおり、部屋《へや》の中にはギュムニヒ先生がいます。それに、グッドウィン先生と、もうひとりの男の先生もいます。三人の先生はおしゃべりしながら荷物《にもつ》を整理《せいり》していました。

「うわっ、リリ！」ギュムニヒ先生はびっくり仰天《ぎょうてん》し、犬と猫《ねこ》を見つめました。

「約束《やくそく》したじゃないか、ペットは連《つ》れてこないって！」

「カバンの中にかくれていたんです」リリは言いわけをしました。

「まことに天才的《てんさいてき》な思いつきですわね！　最高《さいこう》レベルのおふざけですの！」シュミット伯爵夫人《はくしゃくふじん》はすっかり満足《まんぞく》し、喉《のど》を鳴《な》らしています。「わたくしのまねをしようとしても、そうかんたんにはいきませんわね」

ギュムニヒ先生は、ルール違反《いはん》についてしかるべきか、少《すこ》しの間考えていました。そして、にっこりほほえんで言いました。「まあ、しょうがないさ、リリ。この二匹《ひき》は、よく学校の授業《じゅぎょう》にも出席《しゅっせき》しているから、ここにいてもそれほどみんなのじゃまにはならないだろう」

ボンサイとシュミット伯爵夫人《はくしゃくふじん》は、これまでに学校へついてきてしまったこと

がなんどもありました。ですから、二匹《ひき》がいても、この五日間は静《しず》かにすごせるかもしれません。「ありがとうございます」リリはおずおずとお礼《れい》を言いました。けれども、おおっぴらには喜《よろこ》べませんでした。なぜなら、ほかのふたりの先生が、冷《ひ》ややかな目でリリを見ていたからです。

「さてと！」猫《ねこ》はえらそうに言うと、耳をぴんと立《た》てました。「これから、このあたりをていさつしとうございます。想像《そうぞう》を絶《ぜっ》するような大冒険《だいぼうけん》が、わたくしを待《ま》ちかまえているかもしれませんわね！」猫《ねこ》は心《こころ》をふるわせ、息《いき》をはきだしました。「わたくしについてきてもよろしくてよ」シュミット伯爵夫人《はくしゃくふじん》は軽《かろ》やかな足どりで部屋《へや》を出ていきました。リリとボンサイはあわてて猫《ねこ》を追《お》いかけ、階段《かいだん》をおりていきました。猫《ねこ》は、じめじめとした地下室《ちかしつ》へやってきました。「ここはひどいところですわね！」猫《ねこ》は腹《はら》を立てています。「なんてひどい場所《ばしょ》でしょう！こんなカビくさい暗《くら》い環境《かんきょう》は時代遅《じだいおく》れというものですわ。ここにお住《す》まいのみなさんは、そんなこともご存《ぞん》じないのかしら？」

リリは、エヘン、と咳《せき》ばらいしました。「ここへわたしたちを連《つ》れてきたのは、シュミット伯爵夫人《はくしゃくふじん》、あなたでして――」

「まさか、こんな地下《ちか》に滞在《たいざい》するんじゃございませんわよね？」

「はい、ここではありません」リリはうなずきました。「わたしが先頭《せんとう》を歩いたほうがいいかもしれません。出口を知っています」

「早くしてよ、リリ」ボンサイはうったえました。「おいら、おしっこ」

みんなは階段《かいだん》をかけあがりました。階段《かいだん》のおどり場《ば》で、リリはイザヤとはち合わせしました。

「ここにいたんだ！」イザヤは大きな声で言いました。「さがしていたんだよ」

リリは一歩《ぽ》あとずさりました。「あら、そうだったの」

「もちろんさ。いっしょに、外をていさつしようと考えていたのに」イザヤはリリの返事《へんじ》にとまどっているようです。

「ええ、行きたいけれど……」リリは、イザヤといっしょに、合宿所《がっしゅくじょ》のようすを

探《さぐ》りに行きたいと思いました。けれども合宿中《がっしゅくちゅう》は、いつものようにはいきません。なぜなら、ここにはイザヤの仲間《なかま》もいるからです。それでもリリは考え直《なお》し、うれしそうに返事《へんじ》をしました。

「そうね、そうしましょう！」

「あれ、シュミちゃんとボンサイじゃないか。ここでなにしているの？」イザヤはたずねました。

リリは出口に向《む》かって歩《ある》きながら、説明《せつめい》しました。ボンサイが、急《いそ》がなければならなかったからです。外に出ると、犬はあわてて用《よう》を足《た》し、それから、花の咲《さ》きみだれる茂《しげ》みをかぎまわりました。

「ああ、いいにおいだ！　気絶《きぜつ》しそうだよ！」

シュミット伯爵夫人《はくしゃくふじん》は、よい香《かお》りのする花の一

つを前足でつんつんとつつきました。「こそこそなわばりは、どこでも、じきに葉《は》っぱでいっぱいになりますわね。そうしたら、またきちんとかくれられるようになりますわ。それにしても、ぬけめない葉《は》っぱたちですこと。消《き》えたり、出たり、消《き》えたり、出たり。こうしてわたくしたちを驚《おどろ》かせてくださるんですもの。この世《よ》でもっともみごとなおふざけですわね」猫《ねこ》はぴんと背筋《せすじ》をのばしました。

「ああ、なんてすてきな気分かしら！」猫《ねこ》はうきうきと飛《と》びはねました。

ボンサイは小走《こばし》りで追《お》いかけました。「シュミちゃん、とってもごきげんだね。かっこいいぞ」

リリとイザヤは、にっこりほほえみながら二匹《ひき》を追《お》いかけました。

モグラ騒動《そうどう》

リリは合宿所《がっしゅくじょ》をひとまわりしながら、周囲《しゅうい》の鳥《とり》たちをこっそり呼《よ》びよせました。そして、つきまとわないよう、お願《ねが》いしました。そのとき、とつぜん男の人のさけび声が聞こえてきました。

「さっさと出ていけ、出ていかないと、ひどい目にあうぞ！」

ボンサイは耳を立てました。「おや、どうしたんだ？」犬はつぶやき、かけだしました。

リリとイザヤは犬を追《お》いかけ、建物《たてもの》のかどまでかけていきました。合宿所《がっしゅくじょ》の入り口の前で、ここまでリリを追《お》いかけてきたらしいふたりのレポーターが、はげ頭の大男にどなられています。

「ここはおれの土地《とち》だ！　あんたらが来《く》るところではない！　さっさと出ていけ！」大男はどなりちらし、スコップをふりあげ、おどかしています。

「へえー、カチャカチャ野郎《やろう》にほえてもいいんだ！」ボンサイは大喜《おおよろこ》びです。犬はレポーターにほえかかるのが大好《だいす》きです。「警報《けいほう》！　暴動《ぼうどう》だ！　攻撃開始《こうげきかいし》！」

ボンサイはキャンキャンほえながら、レポーターに向《む》かってかけていきました。

「うせろ、このうすばか野郎《やろう》どもが！」

大男は、小さな白いぼさぼさの毛の犬を見つめ、驚《おどろ》いています。一方《いっぽう》、レポーターたちは、カメラをすばやくとりだしました。リリの犬だと気づいたのです。

そこで、大男がまたもやスコップをふりあげました。「犬の写真《しゃしん》を撮《と》るな！　そんなことをしたら、うったえてやるぞ！」

レポーターたちは少《すこ》しばかりためらっていましたが、カメラをおろしました。

「わかりましたよ」片方《かたほう》のレポーターはそう言い、あとずさりました。「ぼくらはリリアーネのことを記事《きじ》にしたいだけなんですよ」

「とっとと出ていけ！」はげ頭の大男はしかりつけました。

「そんなに興奮《こうふん》しないでくださいよ」レポーターはさらに一歩《ぽ》さがりました。

「帰《かえ》ればいいんでしょ」そして、ふたりはきびすを返《かえ》し、帰《かえ》っていきました。

「やったあ！　おいら、おまえらをぺちゃんこにしてやったぞ！」ボンサイはレポーターのうしろ姿《すがた》に向《む》かってキャンキャンほえました。「この負《ま》け犬ども！　老《お》いぼれ野郎《やろう》！」

リリとイザヤは木のかげから出てきました。「静《しず》かに、ボンサイ」リリは犬をなでました。「あの人《ひと》たちはもう行っちゃったんだから」

「あいつら、すっごいおびえていたよ！」ボンサイはほこらしげに言いました。

「おいらのことが怖《こわ》かったんだ！」

「ええ、そうよね」リリは犬を落《お》ちつかせようとしました。

「きみがリリアーネだね」大きな男の人は気がつきました。

リリはうなずきました。

「レポーターを追《お》いはらってくださり、ありがとうございます」イザヤはお礼《れい》を言いました。

「わたしの名前はユップ。ここの管理人《かんりにん》だよ」男の人は自己紹介《じこしょうかい》しました。「ここには、レポーターを近づかせないからね」

「そのスコップで、あの人たちをほんとうにたたくつもりだったんですか？　ちがいますよね？」イザヤはたずねました。

ユップはうなずきました。「もちろん、そんなことはしないさ。たまたま手に持《も》っていただけさ。牧草地《ぼくそうち》にモグラの穴《あな》がたくさんあって、かきだされた盛《も》り土をならしていたんだよ」

「ここには牧草地《ぼくそうち》もあるんですか？」リリは興味津々《きょうみしんしん》にたずねました。

同時《どうじ》にイザヤもたずねました。「モグラの盛《も》り土？」

「ここでは牛を飼《か》っているんだよ」ユップはどろでよごれた大きな手をひたいに当てました。「だけど、モグラ騒動《そうどう》で悩《なや》まされているんだ。ツップリンゲンの町中がモグラにほじくり返《かえ》されて、みんな困《こま》っているんだよ！　連中《れんちゅう》はどこにでもいる。それに、いたるところをほじくり返《かえ》してしまう。野原《のはら》を歩くときには、特《とく》

に気をつけなければならないよ。モグラのトンネルが広がりすぎて、まるで地雷《じらい》がうまっているみたいだ。危《あぶ》なくて歩けやしない。うっかりしていると足元《あしもと》の地《じ》面《めん》が沈《しず》んで、穴《あな》に落《お》ちてしまう。そのせいで骨折《こっせつ》してしまった人もいるのさ！」

リリは驚《おどろ》きました。そんなに広い範囲《はんい》でモグラがトンネルをほってしまったとは……。

「きみは、動物《どうぶつ》と話せるんだよね？」ユップはたずねました。

リリは自信《じしん》なさそうにユップを見つめました。

「モグラとも話せるかい？」ユップはさらに質問《しつもん》しました。

リリはうなずきました。けれどもあわてて言いました。「たぶんできると思います」

「それならば、どこかほかの場所《ばしょ》へ行ってくれるよう、モグラたちにたのんでくれないかな」

リリはユップをじっと見つめました。「ほかの場所《ばしょ》って……どこへですか？」

「ここからいなくなってくれさえすればいい！」

リリはなんと答えてよいのかわからず、ゆっくりと肩《かた》をすくめました。

ユップはうめき声をあげました。「このままでは、モグラがほりだした土をうめつづけなければならないじゃないか」ユップはつぶやきながら、のっしのっしとリリの前を通り、建物《たてもの》のかどを曲《ま》がっていってしまいました。

「モグラの穴《あな》がたくさんあると、ぼくも気づいていたけど、あの人もちょっと大げさすぎやしないか？」イザヤは言いました。

「そうかもしれないわね」リリは自信《じしん》なさそうに答えました。リリはこれまでにモグラと話したことがあまりありません。「牧草地《ぼくそうち》のようすを見に行ってみる？」

「そうしよう！」

リリとイザヤは、ユップが姿《すがた》を消《け》した方向《ほうこう》に歩いていきました。ボンサイはうれしそうにリリの横《よこ》を小走《こばし》りしています。シュミット伯爵夫人《はくしゃくふじん》の姿《すがた》は見えません。いつものように、ひとりで歩きまわっているのでしょう。

牧草地《ぼくそうち》はすぐに見つかりました。家畜小屋《かちくごや》の裏《うら》に広がっています。十二頭《とう》ほどの白黒のぶちもようの牛がのんびりと草をはみ、春の日ざしとみずみずしい緑《みどり》を楽しんでいます。

「へえ！」ボンサイは牛を見つけると、ウォッとほえました。「モーモー女だ」

「シーッ！」シュミット伯爵夫人《はくしゃくふじん》の声が聞こえてきました。「お静《しず》かに！」猫《ねこ》は牧草地《ぼくそうち》の柵《さく》の柱《はしら》の上にすわっています。「ここで、ひじょうに楽しいことが見られますわよ」

「どんなことですか？」リリは小声《こごえ》でたずねました。

「どなたかが、この草の風景《ふうけい》に丘《おか》を作《つく》っていっぱいになさったようですわ」シュミット伯爵夫人《はくしゃくふじん》は目をかがやかせながら説明《せつめい》しました。「モーモーのみなさんのどなたかが、その丘《おか》に近づくと、地面《じめん》がへこみますの。なんて楽《たの》しいアイデアかしら！」

リリはまゆをひそめました。牧草地《ぼくそうち》はモグラの盛《も》り土だらけです。ほんとうに、牛が穴《あな》にはまりこんでしまうほど、地面《じめん》はほり返《かえ》されているのでしょうか？

そのときです！　一頭《とう》の牛が草をはみながら何歩《なんぽ》か前に進《すす》みました。すると、とつぜん前足が土の中に落《お》ちて、動《うご》けなくなってしまいました。

「ほら、ほらっ！　ごらんになりました？」シュミット伯爵夫人《はくしゃくふじん》はかしこまってさけびました。「あれこそが、わたくしが目にした中で、もっともとほうもないおふざけでございます！」

「なんてこった！」ボンサイも牛に気がつき、ワンワンほえました。「野原《のはら》がモーモー女を食べてるよ！」

リリの目が暗《くら》くなりました。牛はそれほど深《ふか》く土にはまりこんでいません。ですから、なんとか自分《じぶん》の力でぬけだせます。けれども、ほり返《かえ》された穴《あな》だらけの牧草地《ぼくそうち》は、リリが想像《そうぞう》していたよりもはるかに悪《わる》い状態《じょうたい》でした。何百匹《びき》ものモグラによってほり返《かえ》されたにちがいありません！

「ユップの言ったとおりだ。これはすごいや」リリの横《よこ》で、イザヤが言いました。

「穴《あな》だらけだよ。間隔《かんかく》だって一メートルもない！　リリ、やっぱりモグラと話したほうがいいよ」

「でも、モグラたちになんて伝《つた》えるの？　もっと少《すく》なくなれって言うの？」

イザヤは頭のうしろをかきました。これは、一生懸命《いっしょうけんめい》に考えているときのイザヤのくせです。「そうだよな。ぼく……その……わかんないや」

「もしもし？　そこにいるのはだれだ？　身分《みぶん》を明《あ》かしたまえ！」とつぜん、か細い、高い声が聞こえてきました。「あんたはモグラだな！　少《すく》なくとも、そんなふうに話す動物《どうぶつ》だ。どうしてそんなに上のほうにいるのかね？」

「あれえ！　ネズミ！」シュミット伯爵夫人《はくしゃくふじん》はけたたましい声をあげました。

「つかまえなくちゃ！」猫《ねこ》は急《いそ》いで走《はし》りだしました。

そこでようやく、リリにもか細い声の正体《しょうたい》がわかりました。ほりたての穴《あな》の中から、モグラが顔を出しています。シャベルのような大きな手が、なにかを探《さぐ》るように空気《くうき》をかいています。とがった鼻先《はなさき》を地面《じめん》からつきだし、ひくひくさせて、声の主《ぬし》をかぎわけようとしています。こうしてにおいをかぐよりほかに方法《ほうほう》がないのです。なぜなら、モグラの目は、それほどよくないからです。

「シュミット伯爵夫人《はくしゃくふじん》！　やめてください！」リリはするどい声でさけびました。

猫《ねこ》はぴたっと立ち止《ど》まりました。「まあ、なんてこと。お願《ねが》いよ！　わたくしをネズミのもとへ行かせてちょうだい！　つかまえなければなりませんの。それも、今《いま》すぐに！」

ボンサイもそわそわしています。

「リリ！　あそこの穴《あな》からだれか出てきた

よ！　ほら、のぞいているよ！」

リリは、動物《どうぶつ》たちには狩《か》りの本能《ほんのう》がそなわっているのを知っています。けれども、犬と猫《ねこ》を止《と》めなければなりません。「モグラに手を出さないで！」リリはきびしく注意《ちゅうい》しました。

「なんだよ！」ボンサイはふてくされてしまいました。「おいら、ほしいよ！」

「どうか、お願《ねが》い！」シュミット伯爵夫人《はくしゃくふじん》はたのみこみました。「わたくしにこのネズミをつかまえさせてちょうだい。どうしても、つかまえなければなりませんの！　そうしないと、わたくしがこわれてしまいます！　体の中がぼろぼろとくずれていきます！　ああ、もう来《き》てますわ……くずれる！」

モグラは、地上《ちじょう》でモグラ語《ご》を話しているのがだれなのか、とても知りたそうです。けれども、ワンワン、ニャアニャアと鳴《な》きさけぶ動物《どうぶつ》の声にも不安《ふあん》を感《かん》じています。「逃《に》げろ！」モグラはか細い声をあげると、ふたたび穴《あな》の中に姿《すがた》を消《け》してしまいました。

「まあ！　逃《に》げちゃいましたわ！」シュミット伯爵夫人《はくしゃくふじん》はわめきました。「じつに、けしからぬことでございます！　つかまえられたのに！　わたくしにはネズミをとらえられましたのよ！」

リリは猫《ねこ》のとなりにひざまずきました。「ごめんなさい。でも、ゆるしてあげるわけにはいかなかったんです」

猫《ねこ》は、全身《ぜんしん》から空気《くうき》がぬけたように、ぺたっと地面《じめん》にはいつくばりました。

「わたくし、これでおしまいでございます」

ボンサイがやってきて、鼻《はな》でシュミット伯爵夫人《はくしゃくふじん》をそっとつつきました。

「シュミちゃん、そんなに深刻《しんこく》に考《かんが》えるなよ。どうせできなかったんだから。おいらのほうが速《はや》かったよ」

リリはボンサイの話したことをすべては伝《つた》えず、はじめの部分《ぶぶん》だけを通訳《つうやく》しました。

シュミット伯爵夫人《はくしゃくふじん》は大きなため息《いき》をつくと、ぴょんと立ちあがりました。

「ボンサイ伯爵《はくしゃく》のおっしゃるとおりですわね。ボンサイ伯爵《はくしゃく》の賢《かしこ》さと聡明《そうめい》さはずばぬけてすぐれていますわ」猫《ねこ》は体をおこしました。「それほど深刻《しんこく》に受《う》けとめないようにいたしますわ。どうしてか、おわかりになって？」

リリは首《くび》をふりました。

「わたくし、とっても気分がいいからですのよ！」猫《ねこ》はキャッキャと声をあげると、おどるような足どりで、おしりをふりながら、じっと見つめる牛たちの間をぬうように歩いていきました。

夜《よる》の森の散策《さんさく》

なにごともなく夕食《ゆうしょく》をすませ、二時間がすぎました。その間、生徒《せいと》たちは休《きゅう》けい室《しつ》でチェスやオセロゲームなどで遊《あそ》びました。それから、合宿《がっしゅく》での最初《さいしょ》の大きなイベントの準備《じゅんび》をしました。それは、夜《よる》の森の散策《さんさく》です。男の先生はギュムニヒ先生、グッドウィン先生、女の先生はヘンヒェン先生と、ミス・メロディというあだ名のメロディッツ先生がつきそいます。細《こま》かい計画《けいかく》は、この四人の先生が立てました。散策《さんさく》では、それぞれのクラスからふたりずつ生徒《せいと》が選《えら》びだされ、懐《かい》中電灯《ちゅうでんとう》を渡《わた》されます。ほかの人たちは懐中電灯《かいちゅうでんとう》を持《も》っている生徒《せいと》を中心《ちゅうしん》に、行動《こうどう》をともにしなければなりません。

「これは、信頼関係《しんらいかんけい》を育《そだ》てるための学習《がくしゅう》プログラムだよ」イザヤはリリに、集合《しゅうごう》場所《ばしょ》の入り口ホールへ向《む》かうとちゅうで説明《せつめい》しました。「懐中電灯《かいちゅうでんとう》を持《も》っている人は、ほかの人たちに対《たい》して責任《せきにん》をおうことを学《まな》ぶんだ」

「すごいわね」リリの声《こえ》はあまり感動《かんどう》しているようには聞こえません。リリのクラスでは、グロリアとヴォルケが懐中電灯《かいちゅうでんとう》を持《も》つことになっています。「わたしはグロリアのグループなの」

「そりゃあ、そうだろう。ギュムニヒ先生は、きみたちの関係《かんけい》を、もっとうまくいかせたいと考えているからさ。だから、ヴィクトリアはヴォルケのグループにいるんでしょ?」

リリはうなずき、不満《ふまん》そうな顔でトリクシィのとなりに立ちました。トリクシィもグロリアのグループに入れられています。

「さあ、出発《しゅっぱつ》するわよ」ミス・メロディが言いました。生徒《せいと》たちがいっせいに大声で答えました。「はーい!」そして、集団《しゅうだん》は動《うご》きだしました。

ギュムニヒ先生はリリのほうへやってきました。「シュミット伯爵夫人《はくしゃくふじん》とボンサイはどこにいるんだい?」

「ボンサイは部屋《へや》で寝《ね》ています。シュミット伯爵夫人《はくしゃくふじん》もボンサイにつきあって部《へ》屋《や》にいたいそうです」リリは答えました。ギュムニヒ先生は驚《おどろ》いてまゆ毛を高くあげました。猫《ねこ》の貴婦人《きふじん》がついてこないのは、リリにとっても驚《おどろ》きです。リリは先生の期待《きたい》を裏切《うらぎ》ってしまったような、もうしわけない気分になり、肩《かた》をすくめました。

生徒《せいと》たちが合宿所《がっしゅくじょ》を出発《しゅっぱつ》し、森へ足をふみいれると、あたりは急《きゅう》に暗《くら》くなりました。暗《くら》やみの中で木にぶつかったり、川に落《お》ちたりしないよう、みんなは懐中《かいちゅう》電灯《でんとう》を持《も》っている人のまわりに体をよせ合《あ》い、かたまって歩きました。リリはグロリアにべたべたくっついて歩くくらいなら、つまずいて転《ころ》んだほうがましだと思い、集団《しゅうだん》から少《すこ》しばかりはなれてついていきました。懐中電灯《かいちゅうでんとう》の光に、イザヤの姿《すがた》がうかびあがって見えました。イザヤはほかのグループの先頭《せんとう》を、やはり懐《かい》中電灯《ちゅうでんとう》を持《も》って歩いています。みんながイザヤのまわりにひしめいています。美《び》人《じん》のマイラはイザヤと腕《うで》まで組んでいます。リリはさっと目をそらしました。あ

たりがどんどん暗《くら》くなってきたので、リリは、まわりの音に集中《しゅうちゅう》しました。夜《よる》の森にひびく音はとても神秘的《しんぴてき》です。どこかでキツネがさけんでいます。「おれさまはもっとも偉大《いだい》な動物《どうぶつ》だ。みんな、気をつけろ！」すると、森の反対側《はんたいがわ》からほかの動物《どうぶつ》がさけび返《かえ》しました。「だまって獲物《えもの》をとれないおろかもの！」ほかの方向《ほうこう》からは、カエルが鳴《な》いています。

ケロケロケロ、ケロケロケロケロ。もう一度《ど》、ケロケロケロケロ、ケロケロケロケロ。

同時《どうじ》にほかの場所《ばしょ》で、動物《どうぶつ》のお母《かあ》さんが子どもたちを呼《よ》んでいます。たくさんの虫たちも、いろいろな音色《ねいろ》でコンサートをしています。

さまざまな音がひびく中、とつぜん、奇妙《きみょう》な声が聞こえてきました。とても小さな声です。はるか遠くのほうから聞こえてきます。

「まずいなあ。最悪《さいあく》……。でも、どうしたらいいのかな。まったくわからない……」

リリは耳をすましました。なんの動物《どうぶつ》でしょうか？

「これはまずい。とってもまずい」話し声はつづいています。「とんだことをやらかしちゃった」

四つの懐中電灯《かいちゅうでんとう》の光と、生徒《せいと》たちのグループは、リリからどんどん遠ざかっていきます。リリは少《すこ》しばかりうす気味悪《きみわる》く感《かん》じましたが、その場《ば》で立ち止《ど》まっていました。

小さな声はさらに話しつづけます。「いつか、だれかに助《たす》けてもらわないと。でも、そんなことをたのんだら、食べられてしまうかも……」

リリは上を見ました。声が上から聞こえてくるような気がしたからです。けれども、暗《くら》くてなにも見えません。

「いいこと思いついた！」大きな声がしました。「ううん、やっぱりちがう。残念《ざんねん》。でも、どうしよう。ここからおりられない。このままでは飢《う》え死《じ》にしちゃう。それはまずい。とてもまずい。飢《う》え死《じ》にしなくてすむんだったら、そのほうがいいなあ。水浴《みずあ》びもしたい。水浴《みずあ》びはとっても気持《きも》ちいいから大好《だいす》き」

リリは驚《おどろ》きました。ひとりごとのように聞こえます。しかも、とても困《こま》っているようです。「もしもし？」リリは小声《こごえ》で呼《よ》びかけました。

すると、声がぴたりとやみました。

「助《たす》けてほしいの？」

「だれかいる！」興奮《こうふん》した声が聞こえてきました。「さて、どうしよう。食べられちゃうのかな？　そうかもしれない！　でも、ちがうかもしれない。とりあえず、なにも言わないことにしよう」

リリは声の聞こえてくる方向《ほうこう》へ、一歩《ぽ》進《すす》みました。「あなたを――」そこで、リリはつまずいて転《ころ》んでしまいました。そして、ひざをしたたかうちつけました。モグラの穴《あな》につまずいてしまったようです。指先《ゆびさき》にほり返《かえ》したばかりのやわらかい土が感《かん》じられました。リリは歯《は》を食《く》いしばり、立ちあがりました。

「小さな人間《にんげん》よ、ようこそ、森の中へ！」そのとき、耳元《みみもと》で高い声がしました。

リリは勢《いきお》いよくふり向《む》きました。けれども、なにも見えません。さっきのひとり

ごとの声ともちがいます！　モグラの話し声でしょうか？　いいえ、そうではありません。モグラの声なら、空中《くうちゅう》ではなく、地面《じめん》から聞こえてくるはずです。そのときリリは、かすかにそよぐはばたきを感《かん》じました。「ないのかね、超音波発《ちょうおんぱはっ》信機《しんき》は？」声がたずねました。「超音波《ちょうおんぱ》を持《も》っていないのかね、自分《じぶん》では？」

「ええ、残念《ざんねん》だけど持《も》っていないの」リリは答えました。「あなたはどうなの？」

「あるとも、もちろん」

「持《も》っているさ、だれでも！」とつぜん、いくつもの高い声がリリのまわりでひびきわたりました。「とっても便利《べんり》さ、超音波発信機《ちょうおんぱはっしんき》があると」

「きっとそうね」リリは急《きゅう》に、暗《くら》やみなのに不安《ふあん》を感《かん》じなくなっていました。まわりには動物《どうぶつ》たちがいます。おかげでリリの気分は楽《らく》になりました。「あなたたちにも、今《いま》の声が聞こえた？」

「ひびいているよ、夜《よる》はたくさんの声が」

「ええ。でも今《いま》のは……」

「魅了《みりょう》するのさ、森の合唱団《がっしょうだん》が」

「ええと、そうね。あなたたちはコウモリなの？」そうです。コウモリにちがいありません！　超音波《ちょうおんぱ》を使《つか》って空を飛《と》ぶ小さな動物《どうぶつ》は、ほかに思いつきません。コウモリは高音《こうおん》の超音波《ちょうおんぱ》を発《はっ》し、目標物《もくひょうぶつ》からもどってくる音で周囲《しゅうい》のようすを感《かん》じとります。リリはこのことをイザヤの事典《じてん》で読んで知っていました。

　コウモリはすばやくターンをしました。「コウモリなのかね、われわれは？」声がたずねました。「おかしな名前だ。信《しん》じられない」

「使《つか》い古《ふる》されてくたびれた感《かん》じ」ほかの声が言いました。

「活気《かっき》がない」

「〝夜《よる》の伯爵《はくしゃく》〟と呼《よ》ばれている、われわれは」さらに別《べつ》の声が説明《せつめい》しました。「超《ちょう》音波発信機《おんぱはっしんき》を持《も》たない人間少女《にんげんしょうじょ》よ、必要《ひつよう》かい、われわれの助《たす》けが？」

「どこを歩いたらいいのかわからないの。危《あぶ》ない場所《ばしょ》を教えてもらえると助《たす》かるわ」

「助《たす》けてあげよう、きみを！」コウモリたち、いいえ、夜《よる》の伯爵《はくしゃく》たちはいっせいに声をあげました。「よくない、このまま進《すす》むのは。ぶつかってしまう、木に」

リリはすぐに立ち止《ど》まりました。そうこうしているうちに、四つのグループはリリからはるか遠ざかった場所《ばしょ》まで進《すす》んでしまいました。リリにはみんなの声がかすかに聞こえるだけで、懐中電灯《かいちゅうでんとう》の明かりは見えません。

「ほかの人たちがいるところまで行かなければならないの。みんなのところへ連《つ》れていって」リリは、ひとりごとをとなえていた動物《どうぶつ》の正体《しょうたい》を知りたいと思いました。けれども、そろそろグループにもどらなければなりません。

「連《つ》れていってあげよう！」夜《よる》の伯爵《はくしゃく》たちは大きな声で言いました。コウモリのかすかにそよぐ羽《はね》が、なんどもリリの体にふれました。おかげでリリはすっかり安心《あんしん》することができました。

「まっすぐ進《すす》む。そこで止《と》まる！　横《よこ》を向《む》く。そう、うまいぞ」コウモリは進《すす》むべき道《みち》を正確《せいかく》に指示《しじ》し、リリを安全《あんぜん》に導《みちび》いていきました。

リリは、グロリアのグループにほぼ追《お》いついたところで、夜《よる》の伯爵《はくしゃく》たちにお礼《れい》を言いました。「ここから先はひとりで行かれるわ。助《たす》けてくれてありがとう！」

「いつでも呼《よ》んでくれたまえ、必要《ひつよう》であれば」コウモリたちは大きな声で言うと、リリからはなれていきました。

そのとき、とつぜん金切《かなき》り声が聞こえてきました。「ウォーッ！　わたくしは巨大《きょだい》なトラですわよ！」

生徒《せいと》たちはびっくり仰天《ぎょうてん》し、よろよろしながらあとずさりました。グロリアがたおれると、うしろにいた生徒《せいと》がつまずき、さらにそのうしろの生徒《せいと》もつまずき、こうして、グループのメンバーたちは将棋《しょうぎ》だおしのように、もつれあって転《ころ》んでしまいました。

「アハハハハ！」シュミット伯爵夫人《はくしゃくふじん》の声がひびきわたりました。リリにも、懐《かい》中電灯《ちゅうでんとう》の光に照《て》らされ、木の枝《えだ》の上にいる猫《ねこ》の姿《すがた》がちらりと見えました。高笑《たかわら》いしています。「アハハハハ！　おみごとですわ！　みなさん転《ころ》んでしまわれまし

たわね！　ボンサイ伯爵《はくしゃく》もごらんになれればねえ！」猫《ねこ》はいたずらをするためにこっそり部屋《へや》をぬけだしてきたようです。猫《ねこ》は犬とはちがい、暗《くら》やみでもよく目が見えます。「せんれんされたホラーでございます！」シュミット伯爵夫人《はくしゃくふじん》はすっかり有頂天《うちょうてん》になっています。

生徒《せいと》たちはゆっくりと立ちあがりました。だれにもけがはなく、たいしたことはなかったようです。

「あれ、リリの猫《ねこ》じゃない！」グロリアがさけびました。「けがをしたらどうするのよ！」グロリアは懐中電灯《かいちゅうでんとう》をシュミット伯爵夫人《はくしゃくふじん》に向《む》けて非難《ひなん》しました。

「まあ、スポットライト！」猫《ねこ》はポーズをとりました。「アンコールをお望《のぞ》みかし

ら？　よろしくてよ！　もう一つお見せいたしましょう」猫《ねこ》はさっと背中《せなか》を丸めて高くあげました。「わたくし、危険《きけん》な、巨大《きょだい》な、でもどっしりしすぎていない、その、どちらかといえば足どりの軽《かる》い……トラですわよ。その、トラといってももちろんメスのトラ。そう、メスのトラ！」シュミット伯爵夫人《はくしゃくふじん》は首《くび》をふりました。「お待《ま》ちになって、もう一度《ど》はじめから……」

「みんな、猫《ねこ》に驚《おどろ》かせられました！」グロリアは、グループにつきそっているギュムニヒ先生に向《む》かってガミガミ言いました。「とても危険《きけん》です！」

「そんなにひどくはなかったよ」トリクシィが言い返《かえ》しました。「大げさにさわがないでよ、ポトフスキ」

リリはみんなをかきわけて前へ出ました。「シュミット伯爵夫人《はくしゃくふじん》、ショーの出《しゅつ》演《えん》、ありがとうございました。とてもおもしろかったです」

「きわめて印象的《いんしょうてき》ではございませんこと？　でも、まだおわっていませんのよ！」猫《ねこ》は答えました。

「一番盛《ばんも》りあがっているときにやめるのがいいんです」リリはあわてて説明《せつめい》しました。「そうしないと特別《とくべつ》なものではなくなってしまいます」

シュミット伯爵夫人《はくしゃくふじん》は考えこみました。そして、枝《えだ》からぴょんと飛《と》びおりました。「それもそうですわね。冗談《じょうだん》もほどほどにしておきませんとね」そう言い残《のこ》して、猫《ねこ》は満足《まんぞく》そうに、暗《くら》やみに姿《すがた》を消《け》しました。

「ぜんぜんおもしろくないわよ！」グロリアは猫《ねこ》が消《き》えた方向《ほうこう》を指《ゆび》でさしました。「猫《ねこ》のせいで、足首《あしくび》をひねっちゃったじゃない！」

「そんなのうそよ！」トリクシィが言い返《かえ》しました。

「くじいているわよ！」グロリアは顔をゆがめ、泣《な》こうとしました。「わたし、けがしちゃった！」

ギュムニヒ先生はあやしんでいます。「ほんとうかい？」

「リリが猫《ねこ》に命令《めいれい》したんです。わたしたちをおどかすようにって。そうに決《き》まっています」

「どうしてリリがそんなことをするんだい？」先生はたずねました。

「みんなに注目《ちゅうもく》されたいからです！」グロリアは答えました。「もうテレビではとりあげてもらえないからです！　みんな、リリのすばらしい才能《さいのう》にそろそろあきてきたんです。リリはそれが気に入らないんです。だからこの合宿《がっしゅく》にペットを連《つ》れてきたんです。そうすれば、またみんなにふり向《む》いてもらえるから！」

リリは首《くび》をふりました。そんなことを言われるなんて、あんまりです！

「どれもまちがってるわよ！」トリクシィは抗議《こうぎ》しました。「ばかげたことを言わないでよね！」

「トリクシィ、あんたも口をとじていたほうがいいわよ！　あなたには、リリだけしかいない。だって、ほかに友だちがいないんですものね！」グロリアはトリクシィをどなりつけました。「ひとりでいるよりは、リリといるほうがましなんでしょ。でも、ほんとうは、リリのことなんて好《す》きじゃないくせに！」

「グロリア、そういうことを言うもんじゃない」ギュムニヒ先生は、けんかを止《と》

めに入りました。けれども、先生に耳をかそうとしません。

「ヴォルケだってそうよ。あの子も校庭《こうてい》でぽつんとしているのがいやなのよ」グロリアはとげとげしく言いました。「リリって、ほんとうにおかしな子だもの」

「グロリア！」ギュムニヒ先生は大声でいましめました。

「だって、ほんとうのことじゃないですか！」グロリアは答えました。

リリはどうしたらいいのかわからず、こぶしをぎゅっとにぎりました。

「それが事実《じじつ》なら、イザヤはリリと仲《なか》よくしなかったわよ！」トリクシィがはげしい口調《くちょう》で言い返《かえ》しました。「イザヤには、きらいな人と仲《なか》よくする理由《りゆう》がまったくないでしょ」

「それはそうだけど。でも、イザヤはリリとほんとうはどれくらい仲《なか》よしなのかしら？」グロリアはたずねました。「リリが友だちだと思いこんでいるだけじゃないかしら。イザヤはテレビにうつりたいだけなのかもしれないじゃない。だからリリといっしょに歩きまわっていたのよ。その証拠《しょうこ》に、学校ではリリとは話さ

ないでしょ。きっと、いっしょにいるところを見られるのがはずかしいのよ」

リリは、さらに強《つよ》くこぶしをにぎりました。

「もう、いいかげんにしなさい！」ギュムニヒ先生は力をこめて言いました。それなのに、グロリアはやめようとしません。

「おまけに、イザヤはマイラに夢中《むちゅう》だし」グロリアは笑《わら》いました。「マイラはリリよりもずっとかわいいもの。リリの髪《かみ》は使《つか》い古《ふる》しのモップみたい」

「だまれ、ポトフスキ。それとも、だまらせてやろうか？」トリクシィはさけび、グロリアのほうに一歩《ぽ》ふみだし、おどしをかけました。

「トリクシィ！」ギュムニヒ先生はどなりました。「今《いま》ここでだれかをなぐったらどうなるかわかっているのか⁉　そんなことをしたらすぐに停学処分《ていがくしょぶん》になってしまうぞ！　これまでずっとうまくやってきたじゃないか。ここですべてをぶちこわすようなことをしてはいけないよ！」

トリクシィはひどく腹《はら》を立てています。「わたしだけが罰《ばっ》を受《う》けて、グロリアは罰《ばっ》を受《う》けないんですか？　こんなにひどいことを言っているのに！」

「グロリアも口をとじなさい！」ギュムニヒ先生はきびしく注意《ちゅうい》しました。「今《いま》きみが言ったことは感心《かんしん》しないな！」先生は、もう一つ懐中電灯《かいちゅうでんとう》をとりだすと、自分《じぶん》で先頭《せんとう》に立ちました。「さあ、みんな、合宿所《がっしゅくじょ》へもどろう！」先生は、少《すこ》しばかりはなれたところを歩いているほかの三つのグループにも聞こえるよう、ぐるりと見まわしながら大きな声で言いました。グループはギュムニヒ先生を囲《かこ》み、動《うご》きだしました。そしてうねるように向《む》きを変《か》え、合宿所《がっしゅくじょ》に向《む》かって歩いていきました。

グロリアは、見下《みくだ》すような視線《しせん》をリリに投《な》げかけました。「負《ま》け犬！」グロリアは、はきすてるように言うと、みんなのあとをゆっくり歩いていきました。

リリは体をこわばらせ、こぶしをにぎったままその場《ば》に立ちつくしました。ほおを伝《つた》ってなみだがこぼれ落《お》ちました。

ギュムニヒ先生は注意《ちゅうい》しました。そんなことを言うのは感心《かんしん》しない、と。けれ

ども、グロリアはわざとリリを傷《きず》つけようとしました。グロリアの言葉《ことば》の暴力《ぼうりょく》は、こぶしでなぐられるよりもひどく感《かん》じられました。それなのに、グロリアは、あんなにひどいことを言っても、注意《ちゅうい》されるだけで罰《ばつ》を受《う》けません。あまりにも不《ふ》公平《こうへい》です。リリは腹《はら》が立ちました。今《いま》、もうれつな怒《いか》りを感《かん》じています。

「夜《よる》の伯爵《はくしゃく》たち、そばにいる？」リリは息《いき》をつまらせながら呼《よ》びかけました。「わたしの声が聞こえる？」

「小さな人間少女《にんげんしょうじょ》！　そばにいるよ」その瞬間《しゅんかん》、いくつもの高い声が聞こえてきました。声は、頭の上の木々の間からとどくような気がしました。それにつづいて、リリはかすかなはばたきを感《かん》じました。「力になろう」

「あそこにいる女の子」リリは歯《は》のすきまから声を出しました。グロリアはひとりで懐中電灯《かいちゅうでんとう》を照《て》らし、グループからはなれて歩いていました。「ひとりで明かりを照《て》らしている女の子……」

「見えるよ、あの子の姿《すがた》が」

「あの子のところへ飛《と》んでいって」

「ぼくらがなにかするのかい、そこで？」

「おどかしてほしいの」リリはなみだでぬれた顔で答えました。「あの子は、どうせ思っているのよ。ほかの人を怖《こわ》がらせるために、わたしが動物《どうぶつ》たちを利用《りよう》しているって。それならほんとうに、そうしてあげるわよ」

「実行《じっこう》しよう、小さな人間少女《にんげんしょうじょ》」声はそう言いました。そして、その場《ば》をコウモリが飛《と》びさるのが、リリにはわかりました。

それから少《すこ》しすると、グロリアが悲鳴《ひめい》をあげました。「うわあ！　助《たす》けて！」

次《つぎ》の瞬間《しゅんかん》、さらに大きなさけび声がしました。「うわああ！」

ギュムニヒ先生がひきいるグループだけでなく、ほかのグループまでもが引《ひ》きかえし、グロリアのもとへ急《いそ》いで歩いていくのが、リリから見えました。

「足、足が！」グロリアはさけびました。「ここ、地面《じめん》にいくつも穴《あな》がある！　骨折《こっせつ》した！」

リリは身《み》をすくめました。モグラの穴《あな》です！　さっき、リリも転《ころ》んだ場所《ばしょ》です！

「うわあああ！」グロリアは泣《な》きさけびました。お芝居《しばい》をしているようには聞こえません。こんどはほんとうに痛《いた》みを感《かん》じているようです。

リリは大きな音をたてて、つばをのみこみました。「けがをさせるつもりなんてなかった」リリは思わず言いました。グロリアをほんのちょっぴりおどかしたかっただけなのです。ほんとうに痛《いた》めつけてやろうなどとはこれっぽっちも考えていませんでした！

「どうしたの？」ヘンヒェン先生がたずねました。

「小さな鳥《とり》……そんなようなものが飛《と》んできたんです」グロリアはわめきました。「まとわりついて、くるったように飛《と》びまわっていました！」

「夜《よる》に鳥《とり》は飛《と》ばないよ」ギュムニヒ先生が言いました。「いつもそんな大げさにさわがないでくれよ、グロリア。さあ、足を見せてごらん」

「いててっ！」

「ほんとうに悪《わる》そうだなあ。それなら、背負《せお》ってあげよう」

リリはひざをふるわせながら、ギュムニヒ先生がグロリアを背負《せお》い、合宿所《がっしゅくじょ》へ大またで歩いていくのを見守《みまも》りました。生徒《せいと》たちはみんな、先生のあとを追《お》って歩いていきました。

「ごめんなさい」リリは、なみだで喉《のど》をつまらせながらささやきました。「ほんとうに、ごめんなさい」けれども、もう遅《おそ》すぎます。リリははじめて自分《じぶん》の能力《のうりょく》を悪《わる》いことに利用《りよう》してしまいました。

サッカー

「リリ、けるのよ！」ヴィクトリアはさけぶと、自分《じぶん》のひたいをパシッとたたきました。目の前でおこっていることが信《しん》じられないかのように、あきれています。リリはボールをけりました。それなのに、ボールはかかとにかすっただけで、そのままグラウンドの外へ転《ころ》がりました。

「どうやったら、そんなにへたくそになれるんだよ！」ほかのだれかが言いました。

リリは、自分《じぶん》の顔が真《ま》っ赤《か》になるのがわかりました。

ギュムニヒ先生がホイッスルをふき、試合《しあい》が再開《さいかい》しました。この日の朝、二つのクラスは、合宿所《がっしゅくじょ》の裏《うら》にある広いグラウンドで、サッカーの試合《しあい》をしていました。このときリリのクラスは、イザヤのクラスより、二点負《ま》けていました。これは自分《じぶん》のせいだ、とリリは感《かん》じていました。リリはボールを使《つか》うスポーツがひどく苦手《にがて》です。顔を真《ま》っ赤《か》にし、べそをかきながら、大きな体の生徒《せいと》たちのうしろにかくれていました。それでなくても、気持《きも》ちがひどく落《お》ちこんでいるというのに！　リリは一晩中《ばんじゅう》、眠《ねむ》れなかったのです。グロリアとコウモリのことを考えていたからです。リリはあやまちをおかしてしまいました。そのことで、ひどくくやんでいました。自分《じぶん》がとった行動《こうどう》はすべてまちがえていた。できることなら、このまま地面《じめん》の中に消《き》えてしまいたい。そうすれば、もうグロリアの顔を見なくてもすむ。リリは苦々《にがにが》しい気持《きも》ちになりました。それに、森の中でひとりごとをとなえていた動物《どうぶつ》のことも気になります。身動《みうご》きがとれなくなって困《こま》っているのです。助《たす》けてあげなければなりません。

グロリアは、グラウンドのわきのベンチにすわり、みんなにけがのつらさを見せつけるように、くじいた足をクッションの上にのせています。「スーゼウィンド、なかなかいいセーターね！」グロリアはリリを冷《ひ》やかしました。

すると、リリのとなりでだれかが笑《わら》いました。

リリの赤い顔がさらに熱《あつ》くなりました。けさ、リリはなにも考えずに着替《きが》えてしまいました。そして、パパが編《あ》んでくれた真《ま》っ黄色《きいろ》のセーターを着《き》ている自分《じぶん》に気がついたのは、朝食《ちょうしょく》の席《せき》でのことでした。胸《むね》で、大きなウサギがにっこり笑《わら》いかけています。リリは出発前《しゅっぱつまえ》にあわてていたせいで、うっかりカバンの中にこのセーターをつめこんでしまったのでした。

「けるんだよ！　この、のろま！」だれかがさけびました。

そのときリリは気がつきました。目の前にボールが転《ころ》がっています。リリはボールをけろうとしました。そこへ、トールベンが勢《いきお》いよくかけてきました。トールベンはイザヤの仲間《なかま》のひとりです。トールベンはリリを荒《あら》っぽくつきとばし、ボールをうばってイザヤにパスし、イザヤがゴールにけりこみました。相手《あいて》チームは大歓声《だいかんせい》をあげています。

「交代《こうたい》してもらえよ」リリと同じクラスの男子生徒《だんしせいと》がいらいらしています。

その瞬間《しゅんかん》、ギュムニヒ先生がまたもやホイッスルをふきました。男子生徒《だんしせいと》の声が聞こえていたかのように、先生はリリをほかの生徒《せいと》に交代《こうたい》しました。リリはグラウンドの外に出るとうなだれて、その場《ば》にたたずんでいました。こんなにはずかしい思いをしたことはありません。リリの赤いぼさぼさの髪《かみ》が、重《おも》いカーテンのように顔にかかりました。リリは巻《ま》き毛の間から、試合《しあい》を静《しず》かに見守《みまも》っていました。イザヤとトールベンのプレーはみごとです。ふたりはボールを上手《じょうず》にパスしあっていました。マイラもサッカーが上手《じょうず》です。さらさらの長い髪《かみ》をポニーテールに結《むす》んでいたので、いつもよりもさらにかわいらしく見えます。そのとき、マイラがシュートをはなち、ゴールを決《き》めました。イザヤはマイラにかけより、きつくだきしめました。

それを見て、リリはさっとうしろを向《む》きました。こんなところにいたくない、と思いました。こっそりぬけだしたら、気づかれてしまうでしょうか?

そのとき、ギュムニヒ先生がリリのほうを見ました。

「リリ、どうかしたのかい? 顔色が悪《わる》いぞ」

のです。

「気分が悪《わる》いんです」

「部屋《へや》にもどって少《すこ》し休むといい」

「はい、そうします」リリは答えました。とにかくここから立ち去《さ》りたかったのです。

それからギュムニヒ先生は、リリには顔を向《む》けずに、手をふりました。リリはのそのそと歩いて部屋《へや》にもどりました。ドアを開《あ》けると、ボンサイとシュミット伯爵夫人《はくしゃくふじん》がリリに飛《と》びついてきました。

「リリ！　なんてこった！　お帰《かえ》り！」ボンサイはしっぽをビュンビュンふりながら、キャンキャンほえました。

「ちっとも帰《かえ》ってこないんだから。リリの顔をわすれそうになっちゃったよ！」

「たった三十分《ぷん》じゃない」リリはつぶやきました。

「ねえ、飛《と》びに行こうよ。シュミちゃんが空を飛《と》ぶところを見たい！」ボンサイは、はりきっています。

「抗議《こうぎ》いたします！」シュミット伯爵夫人《はくしゃくふじん》はぶすっとしています。「これほどまでに受《う》け入れがたいことはございません！　わたくしどもをおきざりにして！上流夫人《じょうりゅうふじん》をせまい部屋《へや》にとじこめるだなんて、ゆるしませんわよ！」

「どうしようもなかったんです」リリは肩《かた》をすぼめて説明《せつめい》しました。「わたしがあなたたちを利用《りよう》してみんなの気を引《ひ》こうとしている。そんなふうに考える人がいるからなんです」

「なんですって？」

「これから森へ行きましょう」リリは話題《わだい》を変《か》えました。「三人だけで」

「わたくしの使用人《しようにん》は？」シュミット伯爵夫人《はくしゃくふじん》はたずねました。猫《ねこ》はイザヤを使《し》用人《ようにん》と呼《よ》んでいます。

「ほかにもっと大事《だいじ》なことがあるの」リリが足を引《ひ》きずるように歩きだすと、二匹《ひき》がそれにつづきました。

「森っていいよね。森って最高《さいこう》！」ボンサイはリリの足にまとわりつくように歩

きながら、ヘッヘッヘッと息《いき》をしました。

「リリ、どうしてそんなにズルズルしてるんだい？」犬は、リリに飛《と》びっこうとしました。「きのうの夜《よる》だって、ずっとゴロゴロ転《ころ》げまわっていただろう？　それに今《いま》はズルズルしている！」

リリは立ち止《ど》まりました。胸《むね》に重《おも》いレンガがのっているように、重苦《おもくる》しい気分です。リリはゆっくりとしゃがみ、そのまま床《ゆか》にすわりこんでしまいました。そしてボンサイをだきしめ、小声《こごえ》で言いました。「悲《かな》しいの」

「そんなことだと思いましたわ」シュミット伯爵夫人《はくしゃくふじん》はリリのわき腹《ばら》に頭をこすりつけてなぐさめました。「すっかり気がめいっていらっしゃいますわね」

リリのほおを伝《つた》い、二つぶのなみだがぽろりとこぼれ落《お》ちました。

ボンサイはリリの顔をぺろぺろなめました。

「どうして悲《かな》しいの？　おいらがそばにいるのに！」

リリは、犬のやわらかいぼさぼさの毛の中に顔をうずめました。すると、シュミット伯爵夫人《はくしゃくふじん》がリリの耳に鼻《はな》を当て、ひくひくさせ、それから小さなざらざらの舌《した》で耳たぶをなめました。

「スーゼウィンド嬢《じょう》、わたくし、あなたのことをとても高く評価《ひょうか》しておりますのよ。お気づきでした？」猫《ねこ》は言いました。「わたくしは、いつもおおっぴらにはお伝《つた》えしませんけど、あなたにきわめて大きな好意《こうい》をよせておりますの」

リリはゆっくりと体をおこし、なみだをふきました。「あなたたちは最高《さいこう》の友だちよ」リリは声をつまらせながら言いました。そして、犬と猫《ねこ》をぎゅっとだき

しめました。今《いま》ここに犬と猫《ねこ》がいてくれるのは、もっとも幸《しあわ》せなことだと感《かん》じました。

「リリ！」そのとき、イザヤの声が聞こえてきました。イザヤが合宿所《がっしゅくじょ》の入り口に立っています。そして、あわててリリにかけよりました。「どうしたの？」イザヤは心配《しんぱい》そうにリリの横《よこ》にひざまずきました。「サッカーのせい？」

「ちがう……ええと、そうかな」リリは答えました。イザヤが追《お》いかけてきたので驚《おどろ》いていました。それと同時《どうじ》にうれしくもありました。イザヤはリリのようすが気になったのでしょう——マイラとサッカーをつづけるよりも。

「わたし、サッカーなんてできない」

イザヤは片方《かたほう》の口元《くちもと》をななめにあげて、いたずらっぽく笑《わら》いました。「そのようだね」

「でもね、悲《かな》しいのはそのせいではないの。グロリアのこと」リリは思わず言いました。そして、イザヤにすべてをうちあけました。コウモリが助《たす》けてくれたこと。グロリアがリリをひどく傷《きず》つけたこと。そして、コウモリたちにグロリアを追《お》いかけさせたことを。けれども、イザヤがマイラと仲《なか》よくしていることにはふれませんでした。「コウモリにたのんだようなことは、これまでにしたことがなかったのに！」リリは後悔《こうかい》しながら言いました。

イザヤは首《くび》をふりました。「そんなことないよ。これまでにも動物《どうぶつ》にたのんだことがあるじゃないか。アスカンやシャンカルやサミラにたのんで、人をおどかしたことがあるじゃないか……」確《たし》かに、リリは自分《じぶん》が窮地《きゅうち》に立たされたときに、オオカミやライオンやトラたちにたのんで、敵《てき》に牙《きば》をむいておどかしてもらったことがありました。

「そうね。でも、きのうの夜《よる》のことは、あのときとはまったくちがうわ！」リリは反論《はんろん》しました。「アスカンやほかの猛獣《もうじゅう》たちに助《たす》けてもらったときは、緊急事《きんきゅうじ》態《たい》が発生《はっせい》したときよ。でも、きのうの夜《よる》はそうじゃない。わたしはふくしゅうしたかっただけ」

イザヤはだまりこんでしまいました。

「そんなことはしてはならなかったのよ」リリはきびしい口調《くちょう》で言いました。

「わたしはそんな人間《にんげん》にはなりたくない」

イザヤは念《ねん》をおすようにリリを見つめました。「ねえ、わかるかな？　ぼくは、そういうきみのことを……尊敬《そんけい》しているんだよ」

リリはまゆをひそめました。「どういうこと？」

「自分《じぶん》がどんな人間《にんげん》でありたいか、きみはしっかり考えている。そんなきみに、ぼくは感心《かんしん》しているんだ。正しいこととまちがっていることを、しっかり考えているからさ」

「ええ、でも気がつくのが遅《おそ》すぎるのよ！　ばかなことをする前に、よく考えるべきなのに！」

「きみは完《かん》ぺきじゃない」

「そうよ。完《かん》ぺきなんかじゃない」リリは暗《くら》い表情《ひょうじょう》でイザヤに賛成《さんせい》しました。自《じ》分《ぶん》のきらいな部分《ぶぶん》を並《なら》べあげるときりがありません。

「でもね、きみは完《かん》ぺきにかなり近い人だよ」イザヤは言いました。

リリは驚《おどろ》きました。「おかしなことを言わないで！」リリはつっぱねるように言いました。「完《かん》ぺきなのは、あなたのほうよ」

「ぼくが？　ぜんぜんそんなことない！」

「そうに決《き》まっているじゃない。だって、あなたはどんなことでもできるでしょ！どんなことでも一番《ばん》。そうでないことなんて、一つもない」

「それは大まちがいさ！」

「あら、そうかしら？　それならできないことをあげてみてよ！」

「動物《どうぶつ》と話すこと。それに、植物《しょくぶつ》を成長《せいちょう》させること」

リリはぽいと投《な》げるように手を動《うご》かし、あきれたように言いました。「それだけでしょ」

「そんなことないさ。ほかにももっとたくさんあるよ」

「たとえばどんなこと？」

イザヤはニヤリとしました。「教えない」

リリはイザヤのわき腹《ばら》をつきました。「白状《はくじょう》しなさいよ！」

「いやだね！」イザヤは笑《わら》いながら、リリをひじでつきかえしました。

「そのままずっと思っているといいさ。ぼくが完《かん》ぺきな人間《にんげん》だって。そんなふうに思ってもらえるなんて、とっても気分がいいからね」

リリはうめき声をあげました。けれども、少《すこ》しばかりほほえみ、言いました。

「これだけははっきりしている。グロリアはひどく意地悪《いじわる》な子よ」

イザヤは笑《わら》いました。そこで、リリは、あわてて言い直《なお》しました。「ちょっと待《ま》って、ちがうわ！　あわれな子！」

イザヤはさらに大声で笑《わら》いました。リリもいっしょに笑《わら》いました。すると、ろうかのすみにあるユッカの木が数センチメートルほど高くなりました。

「きのうは、ほかにも気になることがあったの」やがて、リリは話しだしました。

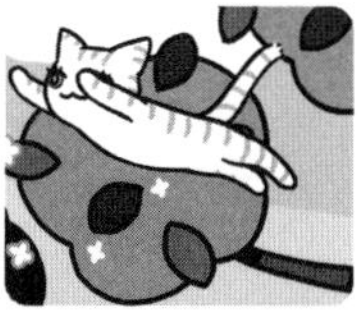

「どうしたの？」

「森の中でだれかが助《たす》けを呼《よ》んでいたの。ほんとうに助《たす》けてもらいたいのか、わからないけれど、そんなふうに聞こえたの」リリは、ひとりごとをつぶやいていた動物《どうぶつ》の話をイザヤに伝《つた》えました。

「これから森に行ってみようか？」イザヤはたずねました。イザヤの目が、好奇《こうき》心《しん》でかがやいています。

「ほかの人に見つからないかなあ？」

「きっと、だいじょうぶさ。先生には試合《しあい》をぬけると伝《つた》えてある。あしたのカラオケ大会のポスターを描《か》きたいから、ってね。だから、しばらくだれもぼくをさがしに来《こ》ないよ」

「この五日間だけはふつうの女の子でいようと思っていたけど……」リリはぼそぼそ言いました。「でも、森の動物《どうぶつ》が助《たす》けを必要《ひつよう》としているんですもの」リリは立ちあがりました。「さあ、出発《しゅっぱつ》よ。わたしたちにできることがあるか、確《たし》かめに行きましょう」

イザヤはにっこり笑《わら》いました。「こんなところでも、意外《いがい》と楽しい合宿《がっしゅく》になるかもしれないぞ」

小さなフクロウ

　二つのクラスは、あいかわらずサッカーをつづけています。リリとイザヤは、ボンサイとシュミット伯爵夫人《はくしゃくふじん》を連《つ》れて、グラウンドのわきをすりぬけ、だれにも見つかることなく森へ入っていきました。

「なんてすばらしい空気《くうき》でしょう！」シュミット伯爵夫人《はくしゃくふじん》は鼻《はな》を高くあげました。

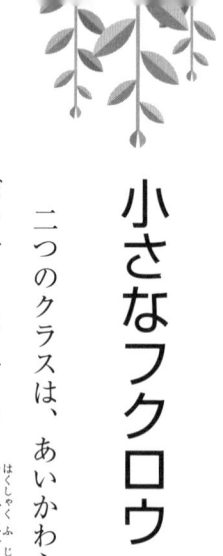

「目を見張《みは》るような奇跡《きせき》と、ドラマチックな冒険《ぼうけん》の香《かお》りがいたします！」

「リリ、棒《ぼう》を投《な》げて！」ボンサイはしっぽをふりながら、リリの前を歩きまわっています。「ここにはとってもたくさん落《お》ちてるね！」

　リリは短《みじか》い棒《ぼう》を拾《ひろ》いあげると、力いっぱい投《な》げました。それほど遠くまで飛《と》びませんでしたが、小さな犬は、弾丸《だんがん》のように猛《もう》スピードでかけていきました。

「その動物《どうぶつ》の声は、どこで聞いたの？」イザヤはたずねると、リリのショルダーバッグに手をかけました。中にビスケットが入っているからです。イザヤはビスケットを箱《はこ》から一枚《まい》とりだし、口におしこみました。そして、口をもぐもぐさせながら言いました。「どこにいたんだろう」

「はっきりと、ここって言うのは、むずかしいわ。だって、昼《ひる》と夜《よる》の風景《ふうけい》はまったくちがうんだもの」リリはきょろきょろしました。けれども、自分《じぶん》がきのうの夜《よる》にどこを歩いていたのか、見当《けんとう》がつきません。「コウモリにも聞けないわね。今《いま》はきっと眠《ねむ》っているから」

「なにを聞きたいの？」リリの横《よこ》でさえずる声がしました。深《ふか》くたれさがった枝《えだ》にとまっている一羽《わ》のアカゲラが、興味深《きょうみぶか》そうにリリを見つめています。「きみのうわさは聞いているよ。話しかけたり、追《お》いかけたりしないようにって。でも、知りたいことがあるなら、ぼくに聞いて！」

「ありがとう！」リリは喜《よろこ》びました。「きのうの夜《よる》、助《たす》けを呼《よ》んでいた動物《どうぶつ》をさがしているの。どこかの木の上で動《うご》けなくなっているみたい。飢《う》え死《じ》にしちゃうって、心配《しんぱい》していたわ。きっと、自分《じぶん》の力では、そこから出られないのよ」

「ふんふん……」アカゲラは考えこんでいます。「わからないなあ。ほかの鳥《とり》に聞いてみよう」次《つぎ》の瞬間《しゅんかん》、アカゲラはくちばしで木の幹《みき》をつつき始《はじ》めました。タタタタタタタタッ！　タタタタタタタタタッ！「これでよし。みんなに聞いてみた」アカゲラは説明《せつめい》し、ふたたび木の枝《えだ》にぴょんと飛《と》びうつりました。

リリは目を見張《みは》りました。「モールス信号《しんごう》みたい」

イザヤは聞き耳を立てました。そして、ビスケットの箱《はこ》をリリのカバンにもどし、興味深《きょうみぶか》げに鳥《とり》を見つめました。

アカゲラはピーピー鳴《な》きました。「なんだって？」

「木をつつく音で、ほかの鳥《とり》たちにニュースを伝《つた》えられるのね？」

「ああ、もちろんさ。ほかにどんな意味《いみ》があるんだよ」

「どんな意味《いみ》？　そうねえ……イザヤ、どうしてキツツキの仲間《なかま》は木をつつくの？　本にはなんて書いてある？」

「なわばりをはっきりさせるため。エサをさがしている。あるいはメスを呼《よ》びよせようとしている。そんなふうに考えられているよ」イザヤは説明《せつめい》しました。イザヤはとても物知《ものし》りで、どんなことでも知っています。イザヤの頭の中には、動《どう》物《ぶつ》の世界《せかい》に関《かん》する何千もの知識《ちしき》がしっかりたくわえられているのです。

リリはアカゲラに通訳《つうやく》しました。

「どうしてぼくらが木をつつくのか、人間《にんげん》には不思議《ふしぎ》なんだね？　アハハハハ！　とてもなぞめいているのか」鳥《とり》は笑《わら》いました。「それなら、みんなにはないしょだよ。ぼくらがこうして木をつついてニュースを広めているってことをね」

「ヘイ！」そこへ、一羽《わ》のゴシキヒワが飛《と》んできました。「きみたち、だれかをさがしているんだって？　それはぼくのことさ！」

「ピンチにおちいっている動物《どうぶつ》がいるんだってば！」アカゲラは答えました。

「そうか。それじゃあ、ぼくのことじゃないや。ぼくはとってもごきげんだからね」ゴシキヒワはピーッと声をあげて飛《と》びさりました。

「思うに、わたしがきみたちを助《たす》けられる」とつぜん、低《ひく》い鳥《とり》の声がひびきわた

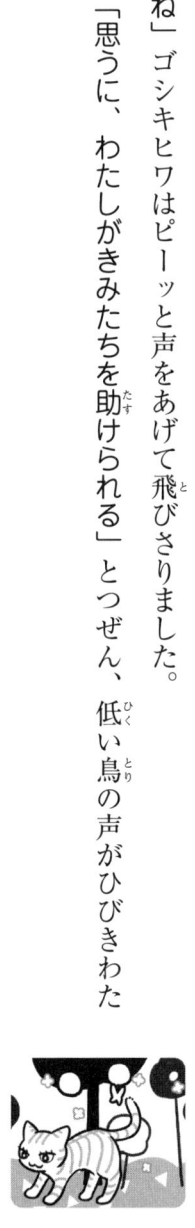

り、リリは風の流《なが》れを感《かん》じました。それからワシミミズクが、アカゲラの横《よこ》に舞《ま》いおりました。

イザヤは巨大《きょだい》な鳥《とり》に見とれています。リリの心臓《しんぞう》もドキドキしています。「わたしたちを助《たす》けてくれるですって?」

「わたしの名前はウフーニバルト」ワシミミズクは言いました。

「はじめまして、ウフーニバルト! わたしの名前はリリ」

「いつもなら、明るいときには眠《ねむ》っている」

「まあ、ごめんなさい」フクロウの仲間《なかま》の多くは夜行性《やこうせい》です。ワシミミズクもフクロウの仲間《なかま》なので、光に弱《よわ》いのです。「それでも来《き》てくれたのね。ありがとう」

「アカゲラはきみのお願《ねが》いを正しく伝《つた》えてくれたかな? きみはある動物《どうぶつ》をさがしているのだね。その動物《どうぶつ》は、困難《こんなん》な状況《じょうきょう》におちいっている。そういうことかな?」

「もちろん、正確《せいかく》に伝《つた》えたさ!」アカゲラは文句《もんく》を言いました。「これまでに、つつきまちがえたことなんてないさ!」

「ええ、まちがいないわ。きちんと正確《せいかく》に伝《つた》えてくれたわ」リリは言いました。

「昨夜《さくや》、わたしも奇妙《きみょう》な声を聞いたのだよ」ウフーニバルトは言いました。「とぎれないつぶやき声。はてることのないおしゃべり」

「そう、それよ！」リリは大きな声をあげました。「だれかがひとりごとをとなえている。そんな話し方《かた》だったわ」

「なにか悪《わる》いことがあった。それも、とてもひどいこと。そんなことを話していたな」

「そうそう！」リリは興奮《こうふん》し、両手《りょうて》をこすり合わせました。きっとさがしている動物《どうぶつ》にちがいありません！

そこで、イザヤが口をはさみました。イザヤにはリリが話していることだけしかわかりません。けれども、少《すく》ない情報《じょうほう》から問題解決《もんだいかいけつ》の糸口を引《ひ》きだすのがとても上手《じょうず》です。「ワシミミズクがその動物《どうぶつ》の話す内容《ないよう》を理解《りかい》したということは、鳥《とり》語《ご》だったということだ。つまり、さがしている動物《どうぶつ》は鳥《とり》だよ」

「そうよ！」リリはイザヤがそばにいてくれて、とても助《たす》かったと感《かん》じました。イザヤの頭の回転《かいてん》はリリよりも速《はや》いのです。「それで、その鳥《とり》の声をどこで聞いたの？」リリはウフーニバルトにたずねました。

「野原《のはら》の横《よこ》にある、大きなモミの木のそばさ」

「そこへ案内《あんない》してくれる？」

「ああ、もちろんさ。ここからそれほど遠くない」

「それはよかった。それなら、ぼくはもう行くよ。それじゃあね！　がんばれよ！」

アカゲラは楽しそうに歌《うた》いました。まだほかにすることがあるのでしょう。

「またね！」リリが別《わか》れのあいさつをしていると、ウフーニバルトはさけび、巨《きょ》大《だい》な羽を広げました。「さあ、こっちだ！」

「まあ、本物《ほんもの》の空の巨人《きょじん》でございますわね！」シュミット伯爵夫人《はくしゃくふじん》が思わず声をあげました。猫《ねこ》は、羽をあおぎ、枝《えだ》から飛《と》びたつ巨大《きょだい》な鳥《とり》にすっかりみせられています。

ボンサイは口に短《みじか》い棒《ぼう》をくわえたまま、猫《ねこ》の横《よこ》に立って、もごもご声を出しました。「リリ、もう一度《ど》投《な》げてよ」

「フクロウを追《お》いかけないと！」リリはそう答えると、かけだしました。イザヤとボンサイとシュミット伯爵夫人《はくしゃくふじん》はリリを追《お》いかけました。ウフーニバルトは森の中を少《すこ》しばかり飛《と》んでは一本の枝《えだ》に舞《ま》いおり、みんなが追《お》いつくのを待《ま》ちました。それをなんどかくり返《かえ》し、やがて、広大《こうだい》な野原《のはら》のすみに立っている高いモミの木の一番《ばん》下の枝《えだ》にとまりました。

「ここはモグラの穴《あな》だらけだね！」イザヤは言いました。

「きっとこの場所《ばしょ》よ！」リリはさけびました。「きのうの夜《よる》、わたしもモグラの穴《あな》につまずいてしまったの。そのときにその動物《どうぶつ》の声を聞いたのよ」

「おや、なんてこと！」そのとき、小さな声が聞こえてきました。「だれかいる！　食《た》べ物《もの》を持《も》っているのかなあ。あたし、おなかぺこぺこ。こんにちは、って声をかけてみようか。いや、だめだめ。なにも言わないほうがいい。おなかをすかせたクマかもしれない」

「声が聞こえる」ウフーニバルトが言いました。「木のてっぺんから聞こえてくる」ワシミミズクは首《くび》をうしろにまわしました。背中《せなか》の側《がわ》に顔があるように見えます。それどころか、首《くび》はさらにぐるりとまわっています。

　ボンサイはくわえていた棒《ぼう》をぽとりと落《お》としました。「リリ！　そいつ！　そこにいるやつ！　今《いま》の見た？」犬《いぬ》はびっくりしてワンワンほえました。

　シュミット伯爵夫人《はくしゃくふじん》も、ワシミミズクの首《くび》の動《うご》きに感心《かんしん》しています。「まあ！　そちらの紳士《しんし》の首《くび》は、ねじれて結《むす》び目ができているのではございませんこと？」

リリは二匹《ひき》に説明《せつめい》しようとしました。フクロウがこのように首《くび》を大きくまわせるのはふつうのことなのだと。ところがそのとき、小さなさけび声がしました。

「下にいるのはひとりじゃない。たくさんいる！　たくさんすぎるほどたくさんいる！」

イザヤも声に耳をすましました。「小さな鳥《とり》らしい」イザヤは声に出しながら考えています。「ハヤブサかなあ」

リリは大きなモミの木に近づきました。「上にいるあなた、こんにちは！」リリは木の上に向《む》かって呼《よ》びかけました。「あなたはだあれ？」

「なんてこと！」こずえから声が聞こえてきました。「ここにいると、知られている！　さて、どうしよう。逃《に》げないと！　そっか、逃《に》げられない。これはまずい。とってもまずい！」

「なにもしないから心配《しんぱい》しないで！」リリは動物《どうぶつ》を安心《あんしん》させようとしました。

「あなたの力になってあげたいの」

「わたしが上に行ってようすを見てこよう」ウフーニバルトが言いました。すると、木のてっぺんの枝《えだ》の間から、小さなフクロウが顔を出しました。リリはこんなにかわいらしい顔のフクロウを見たことがありません。羽がさかだち、目がくりくりとした、白と茶色《ちゃいろ》の斑点《はんてん》もようのフクロウです。

「キンメフクロウだ！」イザヤは目を細めながら説明《せつめい》しました。「とてもめずらしい種類《しゅるい》のフクロウだよ」

小さなフクロウは、大きな黄色《きいろ》い目で見下《みお》ろしています。けれども、次《つぎ》の瞬間《しゅんかん》に、枝《えだ》の間に姿《すがた》を消《け》してしまいました。「人間《にんげん》だ！　それも、二つ！　これは考えてもみなかった」キンメフクロウはペラペラしゃべりだしました。「女の子の声はフクロウみたい。どうして、フクロウの言葉《ことば》がしゃべれるんだろう？　半分はフクロウなのかも。外見《がいけん》は人間《にんげん》だけど、中身《なかみ》はフクロウ」すると、枝《えだ》の間から、またもやキンメフクロウが顔を出しました。そして、リリをじっと観察《かんさつ》すると、ふたたび姿《すがた》を消《け》しました。「まったくフクロウっぽくない。ふん。あの子はまだそこにいる。こっちを見てる。親切《しんせつ》そうではあるかな。ちょっぴり、〝いとしのお嬢《じょう》ちゃん〟に似《に》ている」そこで深《ふか》いため息《いき》をもらしました。「急《いそ》いでいいことを思いつかないと。どうやったら思いつくかな？　あの子に聞いてみようかな。知ってるかな。どうやったらいいことを思いつくのかって」

「ここへおりてきたら、いっしょに考えられるわよ！」リリは木のてっぺんに向《む》かってさけびました。

イザヤはきょとんとして、リリを見つめています。リリはイザヤに、あとで説《せっ》明《めい》する、と目で伝《つた》えました。イザヤはリリのこの表情《ひょうじょう》をなんども見たことがあるので、事情《じじょう》をすぐにのみこみました。

「おりられない！」小さなフクロウは答えました。

「あの子はきみと話している」ウフーニバルトは満足《まんぞく》そうに言いました。

「あたしが女の子と話してる」フクロウはひとりごとをつぶやいています。「ほんとうにあの子と話したほうがいいかな？　まあね、もう話しちゃったけど。

きっとあたしを食べたりしない。やっぱり食べちゃうかな？　きっと食べちゃう。いや、食べない。たぶん食べない。やっぱりわからないや！」

「どうしておりてこられないの？」リリはたずねました。

小さなフクロウは、またもや枝《えだ》の間から顔を出しました。「足がこんがらがってるの」

「なにがからまっているの？」

「そうだなあ……こんがらがったひも」

ウフーニバルトはまたもや左右に首《くび》をまわし、言いました。「ようすを見てこよう」

リリとイザヤとボンサイとシュミット伯爵夫人《はくしゃくふじん》は、ワシミミズクが巨大《きょだい》な羽を広げ、力強《ちからづよ》くはばたき、木の先端《せんたん》に飛《と》んでいくようすを、じっと見守《みまも》りました。

「大男！」小さなフクロウのさけび声がしました。それにつづいて、またもや枝《えだ》の間から顔が出てきました。「巨大《きょだい》フクロウ！」キンメフクロウはリリに興奮《こうふん》しながら説明《せつめい》すると、ふたたび顔を引《ひ》っこめました。

「大きなフクロウは友だちよ！」リリは上に向《む》かってさけびました。

「わたしはウフーニバルト！」ワシミミズクの声が聞こえてきました。「なにもしないから安心《あんしん》しなさい」

「そうね、たぶん！」小さなフクロウはかん高い声で答えました。「でも、なにかするかも！」

「足がしばられて、身動《みうご》きがとれなくなってしまったんだね？」ワシミミズクがたずねました。

少《すこ》しの間、沈黙《ちんもく》が広がり、それから小さなフクロウが答えました。

「もし、そうだって言ったら……あなたは、あたしのことを、自分《じぶん》の身《み》を守《まも》れないフクロウだって思うでしょ？」

「そうだね」

「それじゃあ、ちがう！　あたしは動《うご》ける！　足はしばられてなんかいない！」

「きみは愉快《ゆかい》な子だなあ」

「ぜんぜん、そんなことない！　あたしはいつも、よく考えて、とってもたくさんいいこと思いつく。思いつかないのは今《いま》だけ。でも、あなたは、そんなことを知っているはずがないものね！」

そこでウフーニバルトは飛《と》びたち、リリのもとへもどりました。「足と羽にひもがからまっている。あれではどうやっても飛《と》べない。それに、足が使《つか》えないから木からおりることもできない。まったく身動《みうご》きがとれない」

「大男が、女の子にぜんぶしゃべっちゃう！」小さなフクロウのつぶやき声が、リリにも聞こえました。「それって、いいこと？　それとも、悪《わる》いこと？　どちらかといえば――」

「いいことよ！」リリは大声で言いました。

すると、またもや小さなフクロウは枝《えだ》の間から顔をのぞかせ、言いました。「そうね。あなたはそう言うでしょう。でも、ぜんぜんいいことじゃないかも！」

「わたしの名前はリリよ」リリは、フクロウが姿《すがた》を消《け》す前に言いました。「あなたのお名前は？」

小さなフクロウは考えこんでいます。「もし教えたら……」

「教えてくれたら、とてもうれしいわ」リリは、言いかけたフクロウの言葉《ことば》につけ足《た》すように言《い》いました。

キンメフクロウはリリをじっと見つめ、それから早口でさけびました。

「トルーディ」そして、さっと頭をひっこめました。

そこで、シュミット伯爵夫人《はくしゃくふじん》が言いました。「わたくし、正しく理解《りかい》してますかしら。あちらの上にいらっしゃる、おどけたさか毛のご婦人《ふじん》は、下へおりてこられなくなってしまいましたの？」

「そうなんです」リリは、イザヤとボンサイとシュミット伯爵夫人《はくしゃくふじん》に、今《いま》の状況《じょうきょう》を説明《せつめい》しました。

イザヤは頭のうしろをせかせかとかきながら、必死《ひっし》になって考えました。

シュミット伯爵夫人《はくしゃくふじん》がリリの前に立ちました。「わたくしがここにおりますのは、言葉《ことば》では言いあらわせないほどの幸運《こううん》ですわ」

「えーっと、そうですね。それで、どうしてですか？」

「これからわたくしが木に登《のぼ》り、あなたのおっしゃる、そのひもをかみ切ってまいりましょう」

リリは猫《ねこ》をじっと見つめました。「そうですか！　それは、とてもすばらしいアイデアです！」

「とうぜんでございましょう」猫《ねこ》は、木の幹《みき》にさっと飛《と》びつき、そこから枝《えだ》に登《のぼ》り、木の葉《は》の間に姿《すがた》を消《け》しました。それから少《すこ》しすると、ニャオンと猫《ねこ》の鳴《な》き声が聞こえてきました。「恐《おそ》れを知らぬわたくしの勇気《ゆうき》のおかげで、木のてっぺんに到達《とうたつ》いたしましたわ！」

するとトルーディがキーキーと高い声をあげました。「庭《にわ》オバケ！」小さなフクロウは、またもや枝《えだ》の間から顔を出しました。「庭《にわ》オバケ！」トルーディは

リリにさけぶと、さっと頭を引《ひ》っこめました。

　リリはまゆをひそめました。「そこにいるのは……」リリは話しかけて、あわててくちびるをかみました。あやうく〝猫《ねこ》〟と言いそうになりました。シュミット伯爵夫人《はくしゃくふじん》のことをそんなふうにかんたんに表現《ひょうげん》するわけにはいきません。「そこにいるのは上流階級《じょうりゅうかいきゅう》のゴロニャン淑女《しゅくじょ》です！」

「ちがう！」トルーディは答えました。「これはオバケ。夜《よる》になると庭《にわ》をさまよい歩くオバケ！　連中《れんちゅう》とまったく同じ姿《すがた》

よ！」

リリのひたいのしわがさらに深《ふか》くなりました。「確《たし》かに、猫《ねこ》は夜《よる》になるとこそこそ歩きまわってるわね……」リリはつぶやきました。

「このオバケは危《あぶ》ないかな？　食べられちゃうかな？」トルーディは興奮《こうふん》しながらたずねました。すると、木の上のほうからカサカサという音が聞こえてきました。「うわ、どんどん近づいてくる！」

「シュミット伯爵夫人《はくしゃくふじん》はあなたを助《たす》けようとしているの。からまったひもをかみ切ってくれるのよ」リリはあわてて説明《せつめい》しました。

トルーディはびっくりして枝《えだ》の間から顔を出し、リリを見つめ、考えこんでいます。それから、さっと顔を引《ひ》っこめました。「ねえオバケ、それはとてもいい考え！」フクロウが大きな声で言いました。「あたしじゃなくて、ひもを食べるのは、いい考え。とてもいい」フクロウは興奮《こうふん》しています。「でも、オバケの気が変《か》わったらどうしよう。あたしを食べようとするかもしれない。用心《ようじん》のために力いっぱいはばたいて、できるだけたくさん風《かぜ》をおこそうかな。念《ねん》には念《ねん》を入れて」

「羽をバタバタ動《うご》かさないで！」リリはさけびました。

「する」

「だめ！」

「する。どうしてだめなの？」

「あなたを助《たす》けようとしているから」

「言うだけなら、だれにだってできる」

「でもあなただって、シュミット伯爵夫人《はくしゃくふじん》のアイデアをとてもいいと思ったでしょ？」

「あら、ほんとうですの？」猫《ねこ》はニャアと鳴《な》きました。「すばらしいですわ。さか毛のご婦人《ふじん》はセンスがよろしゅうございますわね」

「シュミット伯爵夫人《はくしゃくふじん》はあなたのことが好《す》きよ！」リリは小さなフクロウに通訳《つうやく》

しました。

トルーディはまたもや枝《えだ》の間から、小さな顔を出しました。「ほんとう？」フクロウは興味深《きょうみぶか》げにたずねました。「あたしのことが好《す》き？」

「そうよ！」

トルーディは考えこんでいます。そして、またもや頭を引《ひ》っこめました。

「よかった。あやしい感《かん》じはするけれど、でもそのことは、だまっていよう」

シュミット伯爵夫人《はくしゃくふじん》はトルーディの姿勢《しせい》からなにを考えているのか、察《さっ》したようです。「ご心配《しんぱい》なさらないで。ひもをかみ切るだけでございます！」

「ホホホウ！　ウハハ！」トルーディが急《きゅう》にキャッキャと声をあげました。

「どうかしたの？」リリはたずねました。

「くすぐったい」トルーディはケラケラ笑《わら》いました。「ほんとう！　ひどくくすぐったい！」フクロウはさらにキャッキャと高い声をあげました。「ホホホウ、ウハハ、ウホホホホ！」

「静《しず》かにしてくださいませ！」シュミット伯爵夫人《はくしゃくふじん》が文句《もんく》を言いました。「もう、これではどうしようもございません」

とつぜん、あたりが静《しず》かになりました。

猫《ねこ》が引《ひ》きかえし、木をおりてくる音がします。それから一分《ぷん》後《ご》、猫《ねこ》はリリの足《あし》元《もと》に飛《と》びおりました。「スーゼウィンド嬢《じょう》、笑《わら》い上戸事件《じょうごじけん》の発生《はっせい》でございます。重症《じゅうしょう》ですわ。こうなると手におえません」

リリはみんなに通訳《つうやく》しました。

「チビが静《しず》かにしていたとしても、猫《ねこ》にはひもをかみ切れなかったよ」ウフーニバルトが説明《せつめい》しました。「わたしもひもをつついて切ろうとしたが、しっかりからみついていて、つつけないのだよ。器用《きよう》な手がないと、ひもはほどけない。下《へ》手《た》すると、チビにけがをさせてしまう」

リリはうなずきました。そんなことではないかと、リリも予想《よそう》していました。それからもう一度《ど》、みんなに通訳《つうやく》してから考えました。「あそこまでは、わたし

たちにはとても登《のぼ》れないわね」リリはイザヤに言いました。「モミの木はとても高いもの。アームストロングがいてくれたらなあ……」リリたちがくらしている町の動物園《どうぶつえん》の小《ちい》さなチンパンジーなら、いともかんたんにひもをほどいてくれるでしょう。

そのとき、イザヤの顔にいたずらっぽい笑顔《えがお》が広がりました。「アームストロングはいないけど、ほかにもサルがいるよ」

リリは不思議《ふしぎ》そうにイザヤを見つめました。「え？　ここのどこにサルがいるの？」

「森の中じゃないよ……」

すると、リリにもわかりました。「ツップリンゲン動物公園《どうぶつこうえん》！」リリは口をぱくぱくさせてあえぎました。「プーとシュヌーね！　世界《せかい》でもっとも器用《きよう》なサルたちよ！」

「そのとおり」イザヤはにっこり笑《わら》いました。

ツップリンゲン動物《どうぶつ》公園

「グリム園長《えんちょう》にお会いしたいのですが」イザヤはツップリンゲン動物《どうぶつ》公園のチケット売《う》り場《ば》の女の人に言いました。イザヤとリリは、ワタボウシタマリンのプーとシュヌーの助《たす》けを求《もと》め、バスでここまでやってきました。この二匹《ひき》のサルは、前におこった冒険《ぼうけん》で、リリの力になってくれたことがありました。ですから、リリとイザヤは、今回《こんかい》もワタボウシタマリンの力を借《か》りようと考えました。

「あなた、リリアーネ・スーゼウィンドさんでしょ」女の人はリリに気がつき、じっと見つめました。「かわいいセーターね」

リリはぎくりとしました。まだ、着替《きが》えていません。あいかわらず、パパが編《あ》んでくれた真《ま》っ黄色《きいろ》のセーターのままです！「そんなことないです」リリは答えました。「これ……黄色《きいろ》すぎるし」

「グリム園長《えんちょう》はお留守《るす》です」女の人は説明《せつめい》しました。

司令官《しれいかん》とあだ名をつけられた園長《えんちょう》を、リリはよく知っています。サルを森に連《つ》れていきたいとお願《ねが》いすれば、園長《えんちょう》ならきっとゆるしてくれるでしょう。

「どこへ行ってしまったんですか？」イザヤはがっかりしています。

「結婚式《けっこんしき》の準備《じゅんび》で、おいそがしいのよ」窓口《まどぐち》の女の人はウィンクしました。「近いうちにビネガーさんとご結婚《けっこん》されるそうよ」ビネガーさんとはリリが動物通訳《どうぶつつうやく》をしている動物《どうぶつ》園の園長《えんちょう》で、みんなから大佐《たいさ》と呼《よ》ばれています。ビネガー園長《えんちょう》とグリム園長《えんちょう》は、何か月か前に恋《こい》に落《お》ち、そして、まもなく結婚《けっこん》します。

「チケット代《だい》はいいから、そのまま中へ入ってちょうだい」女の人がすすめてくれました。

リリとイザヤは顔を見合わせました。

「はい、ありがとうございます」イザヤはお礼《れい》を言い、リリとともに動物《どうぶつ》公園の中へ入っていきました。

人のいない場所《ばしょ》までやってくると、リリはこそこそ言いました。「プーとシュヌーをだまって連《つ》れていっちゃう?」

「ヘイ、リリ!」そのとき、大きな声が聞こえてきました。

「フィン!」イザヤは驚《おどろ》いてさけびました。ペリカンの囲《かこ》いの前に、フィン・ランドマンがいます。フィンはリリの働《はたら》く動物《どうぶつ》園の飼育係《しいくがかり》で、リリとイザヤとは、とても仲《なか》よしです。

「ここでなにしているんだい?」フィンはふたりに近づいてきました。あま色の長い髪《かみ》を、いつものようにポニーテールに結《むす》び、少年《しょうねん》のようにほほえんでいます。

「リリ、これからグウグウに会いに行くの?」小さなパンダのグウグウは、リリの特別《とくべつ》な友だちです。「今《いま》は会えないよ。定期健診《ていきけんしん》で獣医《じゅうい》さんのところにいるんだ」

「まあ、残念《ざんねん》。会いたかったのに」リリは言いました。

「それはそうと、ふたりとも、合宿中《がっしゅくちゅう》じゃないの?」フィンは驚《おどろ》いています。

「そうなの。それも、ツップリンゲンで!」

「そうなんだ！」

「フィンこそ、ここでなにしているのさ」イザヤが聞き返《かえ》しました。

「モグラのほりおこした土をうめているのさ」フィンは答えました。「ツップリンゲン動物《どうぶつ》公園のメンバーだけではこなしきれないんだ」

リリはあたりを見まわしました。ペリカンの囲《かこ》いの中も、向《む》かい側《がわ》にあるアカシカの放牧場《ほうぼくじょう》も、一面《めん》、モグラの穴《あな》だらけです。ペリカンたちは不満《ふまん》げに、ほりおこされた穴《あな》のまわりをよたよた歩いています。そして、なんとかしてよ、と言いたげな表情《ひょうじょう》で、リリをじっと見つめています。

「アリゾナは、スコップで土をすくいすぎて、ひどい筋肉痛《きんにくつう》なんだ。だから、きょうはぼくが応援《おうえん》にかけつけたというわけ」フィンは説明《せつめい》しました。アリゾナ・クーヘンブルムは、ツップリンゲン動物《どうぶつ》公園の飼育係《しいくがかり》で、しかも、フィンのガールフレンドです。

そこへ、アリゾナがペリカン舎《しゃ》から出てきました。「あら、こんにちは」緑《みどり》のメッシュの入った髪《かみ》の、フィンと同じくらいの年齢《ねんれい》のアリゾナがかけよってきました。

「ハイ！　グリム司令官《しれいかん》にたのみたいことがあったんだ」イザヤが言いました。

「どんなお願《ねが》い？」フィンとアリゾナが同時《どうじ》にたずねました。

イザヤは、小さなフクロウが木からおりられなくなっていること、それに、器《き》用《よう》なサルの手なら、足と翼《つばさ》にからまったひもをほどけるかもしれない、ということを説明《せつめい》しました。

「それならぼくがやってあげるよ」とつぜん、さえずるような声が聞こえてきました。「この仕事《しごと》はぼくらにうってつけさ」目の前の地面《じめん》に、小さなサルがすわっています！

「プー！」リリはさけびました。パンクヘアのような、さかだった真《ま》っ白い毛の小さなサルはすばやくリリの体によじのぼり、右の肩《かた》にすわりました。次《つぎ》の瞬《しゅん》間《かん》、同じく頭の白いもう一匹《ぴき》のサルが、ペリカンの囲《かこ》いの柵《さく》からリリの左肩《かた》に飛《と》びうつりました。「シュヌー！」リリは喜《よろこ》びました。

「ハロー、ぼくらのお気に入りのリリ！」二匹《ひき》のサルはあいさつしました。ワタボウシタマリンは園内《えんない》を自由《じゆう》に動《うご》きまわってもいいのです。ですから、なにもないところからわいて出てきたように、とつぜん姿《すがた》をあらわすことがよくあります。

「これ、いいにおいがする。なんだろう？」プーはビスケットのにおいをくんくんかぎました。いつのまにか、リリのショルダーバッグからくすねたようです。

「うまい！」サルはさけぶと、おいしそうにボリボリかじりました。

「ぼくもほしい！」シュヌーが言いました。それから三秒《びょう》もしないうちに、シュヌーもビスケットを手にしていました。稲妻《いなずま》のようなスピードで、リリのバッグからとりだしたのです。

リリは笑《わら》いました。ワタボウシタマリンは、スリの名人です。動物《どうぶつ》園を訪《おとず》れる人々の物《もの》をぬすむのが得意《とくい》です。トルーディを助《たす》けだすには、まさしくこの器用《きよう》さが必要《ひつよう》です。

「フクロウを助《たす》けるんだね？」シュヌーは口いっぱいにほおばりながらたずねま

した。

「そう。手伝《てつだ》ってもらえると助《たす》かるわ」リリはフィンとアリゾナに、お願《ねが》いするような視線《しせん》を投《な》げかけました。さて、ふたりはゆるしてくれるでしょうか?

「問題《もんだい》ないさ。いっしょに行くよ！　すごいじゃないか。ジャングルへ行くんだ」

プーは、動物《どうぶつ》公園の外はすべてジャングルだと思っているのです。

「ありがとう」リリはほほえみました。

フィンは胸《むね》の前で腕組《うでぐ》みし、まゆ毛を高くあげてリリを見つめました。

リリは咳《せき》ばらいをしました。「ゴホ、ゴホ……えっと……ここにいる二匹《ひき》を何時間か、かしてもらいたいんだけど」

アリゾナも、フィンと同じように胸《むね》の前で腕組《うでぐ》みしました。

「そんなに長くはかからないよ。すぐにもどすから」イザヤが助《たす》け船《ぶね》を出しました。「ぜったいに、ひどいことにはならない。約束《やくそく》するよ」

「その言葉《ことば》は、前にも聞いたことがあるよ」フィンは答えました。「それなのに、

ライオンとトラが動物園《どうぶつえん》の中をうろつきまわっていたんだ」

リリはうしろめたい気持《きも》ちになり、うなだれました。そのとき、リリは気がつきました。フィンの口元《くちもと》にかすかに笑《え》みがうかんでいます。

「その顔は、反対《はんたい》ではないということね！」リリはさけびました。

すると、フィンは笑《わら》いました。「そうさ、反対《はんたい》なんてしないよ。きみはぼくのことをよくわかっているね！　でも、決《き》めるのはアリゾナだよ。ここで働《はたら》いているのはぼくじゃないからね」

アリゾナは、ひたいにかかった緑《みどり》の髪《かみ》をかきあげ、言いました。「仕方《しかた》ないわね。連《つ》れていってもいいわよ。だって、困《こま》っている動物《どうぶつ》がいるんですもの。でもね、フィンとわたしもつきそうからね！」

フィンはあっけにとられてアリゾナを見つめました。そして、またもや笑《わら》いました。「それは、最高《さいこう》にいいアイデアだ！　リリとイザヤに冒険《ぼうけん》をひとりじめさせるわけにはいかないね。ぼくらもいっしょに体験《たいけん》させてもらわないと」

アリゾナはほほえみました。すると、フィンがアリゾナにキスしました。

リリとイザヤはあわててちがう方向《ほうこう》を見ました。

シュヌーはフィンを見ながら怒《おこ》っています。「べー！　こいつ、なにしてんだ？」

「ふたりは好《す》き合っているの」リリは、フィンのほうを見ないようにしながら、ひそひそと説明《せつめい》しました。

「それなら、どうして相手《あいて》の毛の中にいるシラミをとってやらないんだ。きちんとしたやつは、みんなそうするよ」プーはうんざりしたように言いました。

そこでキスがおわり、リリはほっと息《いき》をはきだしました。

アリゾナはフィンの手をとりました。「鳥《とり》のエサをとりに行きましょう。そうしたら、森へ出発《しゅっぱつ》よ！」アリゾナが大きな声で言うと、みんなは歩きだしました。

それから少《すこ》しして、みんなは森へ向《む》かうバスに乗《の》っていました。

「ボンサイとシュミット伯爵夫人《はくしゃくふじん》はトルーディのそばにおいてきたの」リリは説《せつ》

明《めい》しました。「だけどトルーディは、だれかに食べられやしないか、ひどく心配《しんぱい》しているの。フクロウを守《まも》るために木の根元《ねもと》に見張《みは》りにおいた動物《どうぶつ》に対《たい》してもね」リリは少《すこ》しばかり口の開《ひら》いたショルダーバッグにちらりと目をやりました。いたずらそうな二匹《ひき》の小さなサルが顔を出しています。

「ジャングルだ！　なんてすばらしいんだ！」シュヌーはさえずるような声をあげ、口をぽかんと開《あ》けてうとうとしている老婦人《ろうふじん》を夢中《むちゅう》になって観察《かんさつ》しています。

「すごく……野蛮《やばん》だ！」

「ぼくらは原始林《げんしりん》のど真《ま》ん中《なか》にいる！」プーは興奮《こうふん》し、床《ゆか》におかれたビニールの袋《ふくろ》をじっと見つめました。老婦人《ろうふじん》にたおれかかった袋《ふくろ》から、買ったばかりの靴下《くつした》がぽとりと落《お》ちました。「ここは危険《きけん》がいっぱいだ！」

「お願《ねが》いだから静《しず》かにしてて」リリは歯《は》のすきまから声を出し、サルに注意《ちゅうい》しました。ほかの乗客《じょうきゃく》が気づいていないといいのですが。とはいえ、乗客《じょうきゃく》は、リリたちのほかにはふたりしかいません。うとうとしている老婦人《ろうふじん》と、だぼだぼの服《ふく》を着《き》ただらしない感《かん》じの若《わか》い男の人です。

フィンはトルーディについてたずね、リリとイザヤはフクロウのことをくわしく報告《ほうこく》しました。

そのとき、シュヌーがかん高い声をあげました。「見てよ！　のぼり綱《つな》だ！」

リリはあわててサルを見ました。なにを見つけたのでしょうか？

次《つぎ》の瞬間《しゅんかん》、二匹《ひき》のサルは、バッグをするりとぬけだしました！　そして、座席《ざせき》の背《せ》もたれに飛《と》び、そこから、天井《てんじょう》の下でぶらぶらゆれるつり革《かわ》に、ぴょんと飛《と》びつきました。

「わあい、これはすごい！」シュヌーはさけびました。プーも夢中《むちゅう》になってさけんでいます。二匹《ひき》のサルは、けんすいしながら、つり革《かわ》をわたっていきます。

「なんてこった！」若《わか》い男の人がさけびました。「サルじゃないか！」

そこで、老婦人《ろうふじん》が目を覚《さ》まし、きょろきょろしました。そして、サルを見つけ、悲鳴《ひめい》をあげました。「ひゃあ！　ゴリラ！」

「わあい！」プーとシュヌーはたくましい腕《うで》で、つり革《かわ》をけんすいしながら、バスの中を楽しそうに一周《しゅう》しました。

リリは勢《いきお》いよく立ちあがりました。それと同時《どうじ》に、バスが止《と》まりました。

「みんな、おりよう！」イザヤはさけぶと、出口へ急《いそ》ぎました。リリはシュヌーを、フィンはプーをつかみ、みんなは猛《もう》スピードでバスをおりました。

運転手《うんてんしゅ》の女の人は首《くび》を横《よこ》にふりながら、さっさとバスを出発《しゅっぱつ》させました。だぼだぼの服《ふく》を着《き》た若《わか》い男の人と老婦人《ろうふじん》が、窓《まど》からのぞいています。そして、ふたりを乗《の》せたバスはかどを曲《ま》がっていってしまいました。

「あなたたち、バッグの中でおとなしくしていてくれないと困《こま》るじゃない！」リリはワタボウシタマリンをしかりつけました。

「でもね、のぼり綱《つな》があったんだよ！」シュヌーは明るい声をあげました。「のぼり綱《つな》は、のぼるためにあるんじゃないか。ちがうの？」

リリはため息《いき》をつきました。

アリゾナはあたりを見まわし、言いました。「森までは遠くない。ここからなら歩けるわ」

「よかった」リリは言いました。そして、プーはリリの右肩《みぎかた》に、シュヌーは左肩《かた》にこしをおろしました。二匹《ひき》をバッグの中でおとなしくさせようとしてもむりなのを、リリはあらためて思《おも》いしらされました。

そこで、二匹《ひき》はうれしそうにぺちゃくちゃおしゃべりを始《はじ》めました。

「リリ、今《いま》でもあのワンワンボールと仲《なか》よくしているの？」

「ボンサイのこと？　もちろんよ」

「それに、ニャンコ・ミニも？」シュヌーがたずねました。

「シュミット伯爵夫人《はくしゃくふじん》とボンサイは、わたしのもっとも大切《たいせつ》な友だちなの。それはいつまでも変《か》わらないわ」

「そうか。きみのもっとも大切《たいせつ》な友だちは、ぼくだと思っていたのに！」イザヤが文句《もんく》を言いました。

リリはイザヤがそんなふうに言ってくれたことに喜《よろこ》び、ほほえみました。「イザヤ、あなたももっとも大切《たいせつ》な友だちよ」

「ぼくが、一番大切《ばんたいせつ》な友だちだよ！」プーが文句《もんく》を言いました。

「ちがうよ、ぼくだよ！」シュヌーがキーキー声をあげました。

フィンがリリにウィンクしたので、リリも笑《わら》い返《かえ》しました。悲《かな》しいときや、重《おも》苦《くる》しい気分のときにもっともよく効《き》く薬《くすり》は友だちです。さっきまで、リリは消《き》えていなくなってしまいたいと思っていたのに、いつのまにかそんな気持《きも》ちはなくなってしまいました。今《いま》では反対《はんたい》のことを感《かん》じています。心《こころ》は軽《かる》くなり、うきうきしています。それに、なんとしてでも小さなフクロウを助《たす》けてあげたいと思っています。そのフクロウも、今《いま》すぐ友だちを必要《ひつよう》としていることでしょう。

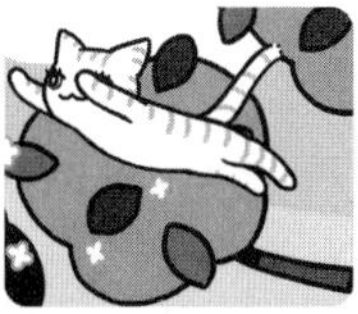

トルーディの救出《きゅうしゅつ》

「お帰《かえ》りなさいませ！」リリたちが広い野原《のはら》のはしにあるモミの木にもどってくると、シュミット伯爵夫人《はくしゃくふじん》はうれしそうに鳴《な》きました。「さか毛のご婦人《ふじん》は、まだ木の上にいらっしゃいます。その証拠《しょうこ》に、神経《しんけい》にさわるような声が、たえまなく聞こえてまいりますの」猫《ねこ》は深《ふか》いため息《いき》をつきました。

「ホーホーオバサン、ずっとベラベラつまらないことをしゃべっていたよ」ボンサイがキャンキャンほえました。「耳が痛《いた》くなっちゃったよ！」

リリはもうしわけなさそうに犬をなでました。一方《いっぽう》トルーディは、木のてっぺんで、わからない先行きを心配《しんぱい》しています。

ボンサイは、ヘッヘッヘッと息《いき》をはずませながら言いました。「でっかいほうのやつは、ホーホーオバサンのおしゃべりが気にならないらしい。ひたすら寝《ね》ているよ。たいしたやつだ」

ウフーニバルトはモミの木の一番《ばん》低《ひく》い枝《えだ》にとまり、眠《ねむ》っています。

「おおい！　ニャンコ・ミニ！」プーが早口でしゃべりながら、シュミット伯爵《はくしゃく》夫人《ふじん》の足元《あしもと》をかけまわっています。「あいかわらずちっこいなあ！　おまえはもう、トラにはなれないな」

「それに、こいつもオオカミにはなれない」シュヌーはボンサイの横《よこ》に立ち、犬のぼさぼさの毛を引《ひ》っぱりました。「オオカミじゃなくて、ちぢんだ雪男だな」

ボンサイとシュミット伯爵夫人《はくしゃくふじん》は、うたがわしそうに二匹《ひき》のサルをながめています。

「こんな暴《あば》れん坊《ぼう》がねえ……。わたくしにできないことが、できるんですって？　さて、どんなことかしら？　見せていただきとうございます」猫《ねこ》は不《ふ》きげんに言いました。「まったく想像《そうぞう》できませんわ」

「手が使《つか》えるんです」リリは猫《ねこ》に説明《せつめい》しました。

「フーッ！」シュミット伯爵夫人《はくしゃくふじん》はぶじょくされたような気分になり、息《いき》をはき

だし、プーとシュヌーに背中《せなか》を向《む》けました。

「そろそろいいかしら？」そこで、アリゾナがたずねました。

フィンやイザヤもそわそわしています。

「さあ、始《はじ》めるわよ」リリは小さなサルたちに向《む》き直《なお》り、これからすべきことを説明《せつめい》しました。「木のてっぺんに、ひもにからまって動《うご》けなくなっている小さなフクロウがいるの」リリはまだとちゅうまでしか話していないというのに、二匹《ひき》のサルはさっそく木に飛《と》びうつり、稲妻《いなずま》のようなスピードでどんどん登《のぼ》っていってしまいました。

「トルーディ！」リリは大声で言いました。「これからそっちに二匹《ひき》のサルが登《のぼ》っていくからね。ひもをほどいてくれるのよ」

するとモミの木の枝《えだ》の間から、さっそくかわいらしいフクロウの顔があらわれました。「サルってなあに？」トルーディは大きなくりくりとした目でたずねました。

「それは……友だちよ」

「そうか。そういうことね。二つもいる！」トルーディは大きな声で言いました。どんな友だちか知ろうとしています。「男の子？　それとも、女の子？」

「男の子よ」

「それはとても重要《じゅうよう》な情報《じょうほう》！」キンメフクロウは、またもや頭を引《ひ》っこめました。「信《しん》じたほうがいいか。信《しん》じないほうがいいか。やっぱり信《しん》じてみるべきか」

「ねえ、きみ！」プーのかん高い声が木の下にいるリリにも聞こえてきました。「きみがその問題児《もんだいじ》だな？」

「あたりまえさ、見ろよ！」こんどはシュヌーの声《こえ》です。「足がからまってる。まちがいなくこの子だよ！」

トルーディは、枝《えだ》の間に顔をぎゅうぎゅうおしつけました。「来《き》たよ！」小さなフクロウは興奮《こうふん》しながら報告《ほうこく》しました。「サル！　二つ！　白い髪《かみ》！　きれいではある」そして、さっと頭を引《ひ》っこめました。「こっちに来《き》た。一つのほうはビスケットのにおいがする。もう一つのも同じにおい！　なんかいい感《かん》じ。だって、あたしもビスケットが大好《だいす》きだから。水浴《みずあ》びよりも、もっと好《す》き。ホホホウ、ウハハ、ウホホホホ！」とつぜん、フクロウはケラケラ笑《わら》いだしました。「ハハハ！　くすぐったい！」

「これはまた、ずいぶんと落《お》ちつきのない問題児《もんだいじ》だなあ！」プーは一生懸命《いっしょうけんめい》にひもをときながらさけびました。

それから、あたりは静《しず》かになり、なにも聞こえなくなりました。そして、しばらくすると、さけび声が聞こえてきました。「リリ！　ひもはあまりにもきつくからまっていて、どうやってもとれないよ。ぜったいにむり」

リリは顔をしかめてつぶやきました。「なんてこと」そして、イザヤとフィンとアリゾナに状況《じょうきょう》を説明《せつめい》しました。「はさみを持《も》ってくればよかったわね」

「わたし、持《も》っているわよ！」アリゾナはオーバーオールの胸当《むねあ》てのポケットからつめ切《き》り用《よう》の小さなはさみをとりだしました。「でも、ほんとうに、プーとシュヌーにこれがあつかえるかしら」

リリは考えこんでいました。「できないわね。危険《きけん》すぎる」

フィンもうなずきました。

「サルたちにトルーディをだいておりてもらったらどうだろう」イザヤが提案《ていあん》しました。けれども、自分《じぶん》でもあまりいいアイデアだとは思っていないようです。

リリは首《くび》を横《よこ》にふりました。「トルーディはとてもくすぐったがり屋《や》だから、できないわ！」

「それに、とちゅうで暴《あば》れられたら木から落《お》ちちゃうよ」フィンが言いました。

イザヤは頭のうしろをせかせかとかきました。すると、イザヤの目がぱっとかがやきました。「いいこと思いついた！　ロープウェイを作《つく》るんだよ！」

「なにを作《つく》るの？」リリはたずねました。

そのとき、フィンはさけびました。「それはすばらしいアイデアだ！　サルたちに上まで運《はこ》んでもらえばいい！」

「バッグをかして」イザヤの言葉《ことば》にリリはあっけにとられながらショルダーバッグをわたしました。それからイザヤはきょろきょろ見まわしました。そして、リリの真《ま》っ黄色《きいろ》の毛糸のセーターに目をとめました。「下になにか着《き》ている？」

「なんですって？」

「長いひもがいるんだよ」イザヤは説明《せつめい》しました。「セーターの毛糸の長さがあればじゅうぶんなんだけど」

そこで、リリにもイザヤがやろうとしていることがようやくわかりました。「アンダーシャツしか着《き》ていないの」リリはそう言い、はずかしそうに目をふせました。

「わたしのジャケットを着《き》たらいいわ」アリゾナがすすめてくれました。

「それがいい！　そうしよう！」イザヤは、リリがセーターをぬぐのを待《ま》っています。

リリはためらいました。「ちょっと……うしろを向《む》いてよ」

「お、ごめん。そうだよね！」イザヤはリリに背中《せなか》を向《む》けました。フィンも、うしろを向《む》きました。

リリはセーターをぬぐと、急《いそ》いでアリゾナの革《かわ》のジャケットを着《き》ました。それから、ぬいだセーターをイザヤにわたしました。イザヤはアリゾナのはさみで、セーターのはしを切り、毛糸をほどいて手にくるくると巻《ま》いて玉にしていきました。それからほどなくして、セーターの大部分《だいぶぶん》はほどけ、一本の長い糸になっていました。

「なにしてんの？」プーはモミの木にぶらさがりながら大声でたずねました。

「あなたたちに運《はこ》んでもらうものを作《つく》っているの」リリは、イザヤがバッグに黄《き》色《いろ》い毛糸をぎゅっと結《むす》ぶようすを見ながら説明《せつめい》しました。「このバッグを枝《えだ》の上においてちょうだい。それから、二つの毛糸のかたまりを枝《えだ》の右側《がわ》と左側《がわ》から落《お》として。そして、トルーディがバッグの中に入るの」リリはプーと、いつのまにか枝《えだ》にぶらさがっていたシュヌーにも説明《せつめい》しました。「そうしたら、わたしたちがトルーディの入ったバッグをゆっくりおろすわ」

「天才的《てんさいてき》！」リリの頭の上で、トルーディの声がしました。リリは見上げました。フクロウの顔が枝《えだ》の間からのぞいています。「あたしがそれに乗《の》って、あなたたちがおろしてくれる。それはいい。とてもいい。ただし、あたしを食べようとしなければ。食べられるのは、よくない」

「食べたりしないわ。わたしたちは――」

「きっとあたしには味《あじ》がついてない！」トルーディはまじめに言いました。「おなかの中には大きな腹《はら》ぺこ穴《あな》が開《あ》いていて、からっぽ。だから、あたしを食べても、空気《くうき》をのみこんでいるようなもの。空気《くうき》をのんだらゲップしか出てこない！」

「はい、これ」イザヤはプーに毛糸を結《むす》びつけたバッグをわたしました。プーはそれを受《う》けとると、さっと木をかけのぼりました。シュヌーもつづきました。

リリは息《いき》を止《と》めて見守《みまも》りました。計画《けいかく》はうまくいくでしょうか？

それから少《すこ》しして、リリの足元《あしもと》に黄色《きいろ》い毛糸のかたまりが二つ落《お》ちてきました。長い糸は、トルーディがいる枝《えだ》にかかっています。

「完《かん》ぺきだ！」イザヤは感激《かんげき》しています。「サルたちは、ぼくらの計画《けいかく》をきちんと理解《りかい》したんだ」

「トルーディ、バッグの中に入るのよ」そこで、リリはさけびました。

「あわてない、あわてない！」キンメフクロウは答えました。「まず、状況《じょうきょう》を判《はん》断《だん》しないと。きちんと判断《はんだん》しないと、なにに気をつけたらいいかわからない」

「うしろからおしてやろうか？」シュヌーは冷《ひ》やかすように言いました。

「だめよ！　しばらくしたら、自分《じぶん》で入るから、なにもしないで」リリは、トルーディが自分《じぶん》からバッグに入ってくれるよう、願《ねが》っていました。

「よろしい」それから少《すこ》しして、小さなフクロウの声が聞こえてきました。「袋《ふくろ》に入ろう！」フクロウはつぶやきました。「あたしを食べようとしたら、それはよくないって止《と》めればいい。そうすれば、きっと食べられない。でも、やっぱり食べられちゃうかな」

「食べないわ！」リリは上に向《む》かってきっぱりと言いました。

一瞬《いっしゅん》、しんと静《しず》まり返《かえ》りました。

「袋《ふくろ》に入ったよ！」プーのうれしそうな声が聞こえてきました。

リリはほっと息《いき》をはきだし、イザヤにうなずきました。イザヤは毛糸を左右の手に一本ずつにぎり、片方《かたほう》の毛糸を引《ひ》っぱりました。けれども、バッグが枝《えだ》に引《ひ》っかかりうまく動《うご》きません。そこで、少《すこ》しばかり強《つよ》く引《ひ》きました。すると、バッグは枝《えだ》の間をゆっくり移動《いどう》し始《はじ》めました。イザヤは片方《かたほう》の毛糸を引《ひ》っぱり、もう片《かた》方《ほう》をしっかりにぎると、急降下《きゅうこうか》しないよう、慎重《しんちょう》に手をゆるめていきました。

「これはすごい！」ボンサイはほえました。「ホーホーおばさんのエレベーターだ！」

イザヤは、バッグを少《すこ》しずつおろしていきました。リリとフィンとアリゾナとシュミット伯爵夫人《はくしゃくふじん》とボンサイは、かたずをのんで見守《みまも》っています。バッグの口から、さかだった毛の、白と茶色《ちゃいろ》の斑点《はんてん》もようのトルーディの顔がのぞいています。

「さっき考えていたことは、大まじめ」フクロウは興奮《こうふん》し、ペラペラしゃべりだしました。「あたしを食べたって、まったく意味《いみ》がない。あたしの腹《はら》ペコもいっしょに食べちゃうから、食べた人はもっと腹《はら》ペコよ！」

「だれもあなたを食べたりしないわ」フクロウを乗《の》せたバッグがどんどん地面《じめん》に近づいてきます。その間にリリはもう一度《ど》説明《せつめい》しました。「あなたの力になりたいだけ」

「どうして？　だって、あなたたち、あたしのことをまるで知らないじゃない！」トルーディはきんちょうしています。「あたしはとてもいやなやつかもしれない。そうだったら、あなたたちは、あたしを助《たす》けたことをひどく後悔《こうかい》する。あたしはざんこくなけんかフクロウかもしれないの！　そうだったら、どうするの？」

リリは笑《わら》いをこらえました。トルーディは、リリが知っている動物《どうぶつ》の中で、もっともかわいらしい動物《どうぶつ》です。危険《きけん》な動物《どうぶつ》ではぜったいにありません。

バッグが目の高さまでおりてきたので、リリは前へ出ました。「こんにちは！」リリはやさしく話しかけました。「ついにおりてこられたわね」

トルーディは、すぐ目の前にいるリリをじっと見つめ、だまりこくっています。

「今《いま》、出してあげるからね」リリはトルーディにそっとふれて、外に出そうとしました。

「やめて！　くすぐったい！」小さなフクロウはすぐにキャーキャーさわぎ、リリの手の中で身《み》をよじりました。そして、モグラの穴《あな》だらけの地面《じめん》に落《お》ちました。

リリはフクロウの横《よこ》にひざまずき、からまったひもを調《しら》べました。ひもは足と右の翼《つばさ》に何重《なんじゅう》にも巻《ま》きついています。「ぬい糸だわ」リリはつぶやくと、細くてじょうぶな糸を慎重《しんちょう》にはさみで切りました。

「気をつけて！」トルーディは、リリがしていることを用心深《ようじんぶか》く観察《かんさつ》しています。

「くすぐらないで！」

「気をつけるわ」リリは約束《やくそく》すると、神経《しんけい》を集中《しゅうちゅう》し、糸を少《すこ》しずつ切っていきました。そのとき、指先《ゆびさき》に小さな白い紙切《かみき》れがふれました。糸でしっかりと結《むす》びつけてあります。リリは驚《おどろ》いて紙を引《ひ》きだしました。なにか書いてあります。

列車《れっしゃ》のふみきりで会いましょう。　エミリーより

イザヤもリリの横《よこ》にひざまずき、紙切れを興味深《きょうみぶか》そうに見ています。「うーん」イザヤは声をあげて、頭のうしろをかきました。

「ひもがとれた！」トルーディは羽をバタバタ動《うご》かし、調子《ちょうし》を確《たし》かめました。

「これはいい。とてもいい！」

リリはほほえみました。「トルーディ、なぜ糸が足にからまってしまったの？」

「いとしのお嬢《じょう》ちゃんがつけたの」トルーディは、自由《じゆう》になった足をのばしながら答えました。「ぴらぴらしたものといっしょに」それはきっと紙切れのことをさしているのでしょう。

「お嬢《じょう》ちゃんって、どんな女の子？　森で出会ったの？」

「ちがう」トルーディは首《くび》をぐるりとまわし、それからもとにもどしました。

「ほら！　ほら！」ボンサイはキャンキャンほえました。「こいつもやるよ！　そんなこと、できるはずがないのに！　それなのにやってる！」

トルーディはボンサイのほえる声にひどく驚《おどろ》きました。「かみつき悪魔《あくま》！」キンメフクロウはするどい声をあげると、猛《もう》スピードでモグラの穴《あな》の中に頭をかくしました。

リリはあっけにとられて、じっと見つめました。トルーディの頭は土の中にあるのに、ふわふわのおしりは外につきでています。

「ほら！　ほら！」ボンサイはその場《ば》でぴょんぴょんはねまわり、大はしゃぎです。「こんどは、こんなことをしているよ！　これも、すごくはげしい！」

フィンもひどく驚《おどろ》いています。「この子の前世《ぜんせ》はダチョウかも……」

シュミット伯爵夫人《はくしゃくふじん》は目をかがやかせ、夢中《むちゅう》になって言いました。「さか毛のご婦人《ふじん》のセンスは、たいへんよろしいようにお見受《みう》けいたします。じつにせんれんされたおふざけですわ」

そこで、トルーディは土から頭を出し、ぶるぶるっと体をふりました。そして、ボンサイに向《む》かってさけびました。「あたしを食べてもおいしくない！」

リリはボンサイをおとなしくさせました。それから、どんなことがあろうとボンサイはぜったいに危険《きけん》なことをしないと、トルーディに約束《やくそく》しました。「トルーディ、その女の子はだれなの？」リリはフクロウの気をボンサイからそらそうとしました。

トルーディはまたもや体をふりました。「いとしのお嬢《じょう》ちゃん」フクロウは、ボンサイから目をはなさずに答えました。

「その子のことを知っているのね？」

「もちろん。だって、あたし、お嬢《じょう》ちゃんのところでくらしてるんだもの」

「その子のところでくらしているの？」

「うん、そうよ。あたし、うちに住《す》んでるの。あなたはうちに住《す》んでないの？」

「えっと……住《す》んでいるわ」

「あたしはいとしのお嬢《じょう》ちゃんのところに住《す》んでる。かごはとってもせまいし、きちんと飛《と》び方《かた》も習《なら》ったことがない。だけど、とてもすてきなお部屋《へや》。お嬢《じょう》ちゃんとあたしのふたりのお部屋《へや》。夜《よる》になるとふたりきりで仲《なか》よくするの。高い草むらの中を歩きまわる庭《にわ》オバケを窓《まど》から見ながらね」

「あなたは野生《やせい》のフクロウではないのね？」

「ちがう。あたしは、野生《やせい》じゃない。とてもお行儀《ぎょうぎ》のいいフクロウ」トルーディは、ふせていたかわいらしい目をあげて答えました。「お行儀《ぎょうぎ》よくしていると、パンをもらえるの」

「その子はパンをくれたの？」

「ときどきプリンもくれた。プリン、大好《だいす》き」

そこへ、イザヤがわりこんできました。「このフクロウは家《いえ》の中で飼《か》われていたの？」

「そのようね」リリは驚《おどろ》いていました。フクロウは森にくらす生《い》き物《もの》で、人間《にんげん》の家《いえ》の中で飼《か》うことはできません！

「飼《か》いたくなる気持《きも》ちもわかる」イザヤはまゆをひそめて言いました。「だって、トルーディはほんとうにとってもかわいいから」

「でも、ぬいぐるみじゃないんだ！」フィンが口をはさみました。「フクロウは、ペットにはまったく不向《ふむ》きな動物《どうぶつ》だよ！」

「このようすだと、トルーディはこれまでにその少女《しょうじょ》の部屋《へや》から出たことがないみたい」リリは説明《せつめい》し、とまどっていました。

「あるよ！」トルーディは返事《へんじ》をしました。「いとしのお嬢《じょう》ちゃんが、ひもとぴらぴらを足につけたとき！　そのとき、お嬢《じょう》ちゃんは窓《まど》を開《あ》けて、あたしを外へ出してくれた。どうしてそんなことをしたのか、わからなかったけれど、外へ行かせてくれた。でも、遠くまでは行かれなかった。だって、あたしはちゃんと飛《と》べないから。ほんのちょっぴりだけ。羽をバタバタさせているうちに、ひもが足にからまって、それから羽にもからまって、それで、この木におりたの。それからずっと、ここにすわっていたというわけ」

リリはみんなにキンメフクロウの話を伝《つた》えました。

「その少女《しょうじょ》は、トルーディを伝書《でんしょ》フクロウにしようとしたのよ！」アリゾナが大きな声で言いました。「ハリー・ポッターに登場《とうじょう》するフクロウのようにね。あの物語《ものがたり》の中では、フクロウが手紙を運《はこ》ぶのよ」

リリはうなずきました。それだと、どうしてトルーディがこんなことになってしまったのかも説明《せつめい》がつきます。少女《しょうじょ》はトルーディに手紙を運《はこ》んでもらいたいと考えていたにちがいありません。けれども、外に一度《ど》も出したことのないフクロウを、窓《まど》を開《あ》けて飛《と》ばそうとするなんて。しかも、足に糸をしばりつけて。どうしてそんなことができるのか、リリにはさっぱりわかりませんでした。

「トルーディが手紙を運《はこ》んでくれると、その子は本気で信《しん》じていたのかなあ？」フィンもひどく腹《はら》を立てています。「まったくなんにも考えていなかったんだな！」

「はっきりしているのは、その子の名前はエミリー」イザヤはリリの手から紙切れをとり、ひたいにしわをよせて、見入っていました。

リリはトルーディに向《む》き直《なお》りました。トルーディはすっかりつかれきって、地《じ》面《めん》にしゃがみこんでいます。そして、人間《にんげん》と犬と猫《ねこ》、それに、木からおりてきた二匹《ひき》のサルを、目を丸くして見つめました。

「どこから飛《と》んできたの？」リリはやさしくたずねました。「家《いえ》を見つけられる？」

「ううん、わからない！」トルーディは答えました。「飛《と》びたったとたんに、もうどこにいるのかわからなくなっちゃった」

リリはそっとフクロウの首《くび》をなでました。「これから、この子をどうしたらいいかしら？」

「わたしが力になってやろう」低《ひく》い鳥《とり》の声がしました。ウフーニバルトが目を覚《さ》まし、みんなのところへやってきました。「わたしがこの子に教えてやろう。森で生きのびるためにすべきことをね」ウフーニバルトが提案《ていあん》しました。大きなフクロウと並《なら》んですわると、トルーディはことさら小さく見えます。「わたしがきみを守《まも》ってやろう」

「いらない。それはあんまりいい思いつきじゃない」トルーディは答えました。

「森はぜんぜんすてきなところじゃない。いたるところで敵《てき》が待《ま》ちかまえていて、

食べようとするでしょ。水浴《みずあ》びをするのにもよくなさそう。それに、プリンはあるの？　歌《うた》は？」

ウフーニバルトはきょとんとしています。

「いとしのお嬢《じょう》ちゃんはいつも歌《うた》を歌《うた》ってくれた。それで、あたしもいつもお嬢《じょう》ちゃんといっしょに歌《うた》ってた。あなたは歌《うた》を歌《うた》えるの？」トルーディはワシミミズクにたずねました。

ウフーニバルトは目をぱちくりさせました。「歌《うた》ってなんだい？」

「ほら、やっぱり！　ううん、森ではくらさない。ぜったいにいや！」

トルーディは不《ふ》きげんにくちばしをカタカタ鳴《な》らしました。「いとしのお嬢《じょう》ちゃんのところへ帰《かえ》りたい」

「だけど、そこには、あなたがくらすのに必要《ひつよう》なスペースがないわ」リリは反対《はんたい》しました。それに、人間《にんげん》の食《た》べ物《もの》を食べつづけるのもよくない、とリリは心《こころ》の中で言いそえました。フクロウが人間《にんげん》の食《た》べ物《もの》を食べつづけていれば、重《おも》い病気《びょうき》になってしまうことだってあるのです！

「それでも」トルーディは悲《かな》しそうに言いました。「いとしのお嬢《じょう》ちゃんに会いたい。お嬢《じょう》ちゃんはあたしの一番《ばん》のお友だち」

リリはトルーディを見つめながら、考えこみました。友情《ゆうじょう》がどれほど大切《たいせつ》か、このときはじめて気がついたのです。エミリーをさがしだして、フクロウの正しい飼《か》い方《かた》を教えてあげればいいのでしょうか？　いいえ、そんなことはできません。フクロウは家《いえ》で飼《か》える動物《どうぶつ》ではありません。

トルーディはうめき声をあげて、リリに伝《つた》えました。「お嬢《じょう》ちゃんのところへ帰《かえ》れないなら、あなたのところにいる！　あなたはとっても親切《しんせつ》。それに、きっと歌《うた》も歌《うた》ってくれる。そうでしょ？」

リリがなにか答えようとすると、トルーディは飛《と》びあがり、リリが肩《かた》にかけているショルダーバッグにするりともぐりこみました。「この中にいるのもいいな。あれ……これはなんだろう？」トルーディは大きな声をあげました。「ビスケッ

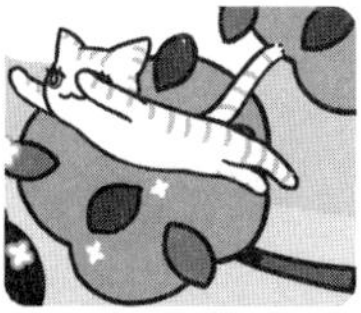

ト！　わあい！　やったあ！　ビスケットだ！」フクロウの頭がバッグの中に消《き》えました。そして、ふたたびバッグの外にあらわれたときには、くちばしにビスケットを一枚《まい》くわえていました。トルーディはそれをたくみにつついて小さくし、がつがつ食べました。

「ちょっと待《ま》って。あなたのためにきちんとした鳥《とり》のエサを持《も》ってきたのよ！」リリはあわててアリゾナからエサの入った袋《ふくろ》を受《う》けとりました。

「これはなんなの？」トルーディは、クルミやどんぐりの入ったエサのにおいをかいであやしんでいます。「うーん。ソースがかかっていれば食べられるかも。でも、こんなのいや。ビスケットのほうがいい」トルーディはひどくおなかをすかせていたので、次《つぎ》のビスケットにかぶりつきました。

リリはびっくりし、ビスケットをおいしそうに食べるフクロウをながめました。

「これは、たいへんなことになるかもしれないわ……」リリはつぶやきました。

悪《わる》い知らせ

トルーディはリリのショルダーバッグから出ようとしません。仕方《しかた》がないので、リリはそのままにし、残《のこ》りのビスケットを食べさせてあげました。

「そのエミリーという子がいったいだれなのか、探《さぐ》りださないと」イザヤは、トルーディの足につけられていた手紙に目をやりながら、言いました。「名前だけで、ほかにはなにも手がかりがない。エミリーはよくある名前だし……」

「でもね、その子が見つかっても、トルーディを返《かえ》すわけにはいかないよ」フィンが口をはさみました。フィンはまだひどく怒《おこ》っています。「野生動物《やせいどうぶつ》を家《いえ》の中で飼《か》おうだなんて、いったいなにを考えているんだ！」

アリゾナも、フィンと同じ意見《いけん》です。「ツップリンゲン動物《どうぶつ》公園でも、もうずいぶん前からフクロウをはじめとする*猛禽類《もうきんるい》を受《う》け入れていないの。これらの動《どう》物《ぶつ》たちには、自由《じゆう》に飛《と》べる広い場所《ばしょ》が必要《ひつよう》だけど、そんなスペースを、うちの動《どう》

*猛禽類《もうきんるい》　ほかの動物《どうぶつ》をとらえて食べる、肉食《にくしょく》の鳥類《ちょうるい》のこと。フクロウ、ワシ、タカなど。

物《ぶつ》公園でさえも確保《かくほ》してあげられないもの」

リリはうなずきました。リリが働《はたら》く動物園《どうぶつ》でも、同じような理由《りゆう》で、猛禽類《もうきんるい》を飼《か》わなくなっています。「トルーディも、いつまでもわたしのバッグの中にはいられないわね」

「どうして？」トルーディはペチャペチャと音をたてながらたずねました。「この中はとても気持《きも》ちがいいのに。ときどき水浴《みずあ》びをして、歌《うた》を歌《うた》ってもらう。それでじゅうぶん。いとしのお嬢《じょう》ちゃんのそばにいられたら、もっといいんだけど」

「とりあえず、そのままにしておくしかないのかなあ」イザヤが言いました。

リリにも、どうすることもできません。少《すこ》しでも早く、イザヤがなにかいい方《ほう》法《ほう》を思いついてくれるよう、祈《いの》るばかりです。「トルーディを合宿所《がっしゅくじょ》へ連《つ》れていきましょう。うまくやれば、だれにも見つからないかもしれないわ」

イザヤはうたがわしそうに首《くび》をかしげてから言いました。「わかったよ」

「合宿所《がっしゅくじょ》までいっしょに行《い》くわ」アリゾナはそう言い、プーとシュヌーを自分《じぶん》の肩《かた》にのせました。

みんなは、広い野原《のはら》に無数《むすう》にほられたモグラの穴《あな》をよけて、くねくねと曲《ま》がりながら、合宿所《がっしゅくじょ》へもどりました。とちゅうで、リリは奇妙《きみょう》なものを見つけました。野原《のはら》のはしに、長《なが》い柵《さく》がはりめぐらされています。リリは驚《おどろ》きました。このような仕切《しき》りがどうして森の中にあるのでしょうか？

不思議《ふしぎ》そうにしているリリにアリゾナが気づいて言いました。「もうじき、ここは切りひらかれてしまうのよ。この柵《さく》がその境界線《きょうかいせん》よ」

リリは立ち止《ど》まりました。「切りひらかれるって、どういうこと？」

アリゾナの顔が曇《くも》りました。「森の広い地域《ちいき》で木が切りたおされるの。そして、切りひらいた土地《とち》に、新しいショッピングセンターができるのよ。確《たし》か、あさってには工事《こうじ》が始《はじ》まるはずよ」

リリは、みぞおちをパンチされたような痛《いた》みを覚《おぼ》えました。「そんなあ……」

リリはひどくショックを受《う》けて、柵《さく》の向《む》こうで力強《ちからづよ》く元気いっぱいにそびえ立つ

ナラやシラカバやシナノキに目をやりました。ショッピングセンターを建設《けんせつ》するために、これらの木々が切りたおされる？　リリには理解《りかい》できません。雷《かみなり》にうたれたようにアリゾナをじっと見つめました。「ここにある木、ぜんぶが……」リリはなんとか声を出しました。木だけではありません。この森でくらしているたくさんの動物《どうぶつ》たちはどうなってしまうのでしょうか？

「リリ……」アリゾナは悲《かな》しそうにリリを見つめました。「もうずいぶん前から決《き》まっていることなの。今《いま》さら止《と》められないのよ」

　リリの頭の中はぐるぐるまわっています。

「先に進《すす》もう」フィンが言いました。フィンもとてもつらそうです。声でわかります。それなのに、手のうちようがないのです。

リリはうなだれ、みんなのあとをついていきました。

「リリ！」横《よこ》を歩いていたボンサイが、ウォッとほえました。「また足をズルズルしてるよ！　うれしそうにしなよ。うれしいほうがいいよ」

「スーゼウィンド嬢《じょう》、すっかりだらけてしまわれましたわね」シュミット伯爵夫《はくしゃくふ》人《じん》が言いました。

「どうしてそんなに暗《くら》い顔をしているの？」トルーディまでがたずねました。小さなフクロウはビスケットをたいらげてしまうと、バッグの中から顔を出して外をながめました。「あたし、重《おも》い？」

「そうじゃないの。いいのよ、そこにいてくれて」リリは小さな声で返事《へんじ》をしました。それから気をとりなおして、これからのことに気持《きも》ちを集中《しゅうちゅう》しました。「トルーディ、じきにたくさん人がいるところへ行くわ。そうしたら、バッグにかく

れて、静《しず》かにしていてね」三十分後《ぶんご》には夕食《ゆうしょく》です。フクロウがいることを、だれにも気づかれてはなりません。見つかれば、リリは中心人物《ちゅうしんじんぶつ》になりたがっている、とまた言われてしまうからです。「うまくやれる？」

トルーディはくりくりとした大きな目でリリを見つめました。「静《しず》かにする？　どうして？　ひとりでおしゃべりしたい！　がまんできない！」

「あとで話してもいいからね」リリは約束《やくそく》しました。「でも、みんながいるところでは静《しず》かにしていてね。約束《やくそく》してくれる？」

「わかった。そうしてあげる」トルーディはしぶしぶしょうちしました。

リリはうまくいくよう祈《いの》りました。

合宿所《がっしゅくじょ》までもどってくると、フィンとアリゾナはそのまま別《わか》れを告《つ》げて、動物《どうぶつ》公園にもどりました。リリは、プーとシュヌーにさよならを言う前に、逃《に》げずにアリゾナのそばにいるよう、しっかり言い聞かせました。

それからリリとイザヤは、ボンサイとシュミット伯爵夫人《はくしゃくふじん》、それに、バッグの中のトルーディを連《つ》れて合宿所《がっしゅくじょ》の中に入りました。

「やっともどってきた！　お帰《かえ》り！」玄関《げんかん》ホールで待《ま》ちかまえていたトリクシィが、大きな声で言いました。

ヴォルケもいます。「どこへ行ってたの？」ヴォルケはリリをじっと見つめました。「かっこいいジャケットね」

リリはまだアリゾナの革《かわ》のジャケットを着《き》ています。

「あなたたちをかばうのは、なかなかたいへんだった」トリクシィはしゃべりつづけました。「先生には言っておいた。リリはひどい風邪《かぜ》を引《ひ》いたらしい、だからぐっすり眠《ねむ》っているって。イザヤ、あなたのことは、あした、世界《せかい》でもっともすてきなポスターをみんなに見てもらおうとがんばっている、ということにしておいた。表向《おもてむ》きには、一日中ポスターを描《か》いていたことになっているの！」

「やばい」イザヤは思わず言いました。「急《いそ》いでポスターを描《か》かないと」

「心配《しんぱい》しないで」ヴォルケはにこにこしながら、ベンチのうしろから大きなポス

ターを引《ひ》っぱりだしました。「トリクシィとふたりで、とりあえず一枚《まい》描《か》いておいたわ」

「うわあ、それはありがたい！」イザヤは顔をかがやかせ、きれいにしあげられたポスターをながめました。

「きみたちは最高《さいこう》だよ！」イザヤはトリクシィとヴォルケをだきしめました。

ヴォルケは顔を赤らめ、クスクス笑《わら》いました。トリクシィはかたまったまま、棒《ぼう》のようにつったっています。一生懸命《いっしょうけんめい》に、冷静《れいせい》なふりをしています。「いいってことよ」トリクシィはさりげなく言いました。

「森に行ってたの」リリは説明《せつめい》しました。「そこでキンメフクロウを助《たす》けたの」

「リリ！　具合《ぐあい》はよくなったのかい？」そのとき、ギュムニヒ先生が玄関《げんかん》ホールに入ってきて、リリにかけよりました。

「えっと、はい、元気になりました」リリは、少《すこ》しばかり具合《ぐあい》が悪《わる》そうなふりをしました。「インフルエンザにかかったと思ったんですけど、しっかり眠《ねむ》ったおかげで元気になりました」

「それはよかった」ギュムニヒ先生の声から、心《こころ》から安心《あんしん》しているのがわかりました。リリは先生にうそをついてしまい、うしろめたくなりました。「わあ、これはすばらしいポスターだなあ、イザヤ！」

「一生懸命《いっしょうけんめい》、がんばりました」こんどはイザヤがうそをつきました。そして、ヴォルケとトリクシィにこっそりウィンクしました。

ギュムニヒ先生はすっかり感激《かんげき》しています。「うまく描《か》けているよ、イザヤ」先生は手をたたきました。「あと五分《ふん》で夕食《ゆうしょく》だ。さあ、みんなで食堂《しょくどう》に行こう」

みんなは先生のあとについていきました。ボンサイとシュミット伯爵夫人《はくしゃくふじん》は、管理人《かんりにん》のユップが特別《とくべつ》に用意《ようい》してくれた、エサの入った小さな器《うつわ》を一つずつもらいました。リリとヴォルケとトリクシィは、ソニヤと何人かの女子《じょし》のすわるテーブルにつきました。イザヤは仲間《なかま》のところへ行きました。仲間《なかま》たちは大声であいさつし、イザヤをむかえました。

食事《しょくじ》の間、リリは心《こころ》の中で、トルーディが静《しず》かにしていますように、と祈《いの》っていました。小さなフクロウは眠《ねむ》っているのか、身動《みうご》きせずにじっとしていました。

食事《しょくじ》がすむと、イザヤのグループはサッカーをしに外へ飛《と》びだしていきました。リリは女子《じょし》グループの中にとどまっていましたが、それからしばらくして、部屋《へや》へもどるために、食堂《しょくどう》を出ました。すると、正面《しょうめん》からイザヤがやってきました。「いっしょに来《き》て」とリリに耳うちし、腕《うで》を引《ひ》っぱります。トリクシィとヴォルケも好奇心《こうきしん》にかられ、ふたりを追《お》いかけました。

「どうかしたの？」リリはたずねました。イザヤは裏口《うらぐち》から、リリを外へおしだすと、牛の牧草地《ぼくそうち》へとつづく道《みち》を歩いていきました。「なにかあったの？」

そのとき、かすかな声が聞こえてきました。ひどく入りみだれた、さわがしい声です。一歩進《ぽすす》むごとにどんどん大きくなっていきます。

「きょう、ここで聞いたんだ！　まさしくこの場所《ばしょ》で！」か細い声が言いました。ほかの声がさけびます。「それは、きっと森にいたのと同じだ！　きのうの夜《よる》ときょうの昼間《ひるま》に、森に巨大《きょだい》モグラがいたんだ！　牛のように大きいやつだ！」

「牛のように大きなモグラ？　そんなものは存在《そんざい》しないよ！」

「だけど、はるか上のほうにいたんだ！」

「もしかしたら、牛の上にすわっていたモグラじゃないか？」

「なんのために牛になんかのぼるんだよ」

「牛にはよじのぼれない。ひどくすべりやすいからね」

「それに、ゆらゆらしている！」

　リリたちは牧草地《ぼくそうち》にやってきました。牛はすでに家畜小屋《かちくごや》に入れられています。そのせいで、たくさんのモグラが元気に走《はし》りまわり、さかんに穴《あな》をほっています。とがった鼻《はな》を穴《あな》の外に出して、悪《わる》い視力《しりょく》の代《か》わりに嗅覚《きゅうかく》でようすを探《さぐ》っているモグラもいます。

「わあ」トリクシィは小さな歓声《かんせい》をあげました。「ネズミがうようよしている」

「これはモグラよ」ヴォルケが言いました。

イザヤは、小声《こごえ》で言いました。

「ボールをけったら、遠くまで飛《と》びすぎてしまったんだ。それで、ボールをとりにきたら、こんなにたくさんのモグラがいたんだよ。リリ、今《いま》ならモグラたちに穴《あな》のことを話せるよ！」

「警報《けいほう》！　だれかいるぞ！」一匹《ぴき》のモグラがさけびました。

別《べつ》のモグラがかん高い声をあげました。「人間《にんげん》だ！　逃《に》げろ！」

リリはあわてて言いました。「待《ま》って！　わたしよ！」

「この子だよ！」いくつかの声が同時《どうじ》に

さけびました。すると、たくさんの小さな鼻先《はなさき》が土の中から出てきて、リリのにおいをかぎとりました。「巨大《きょだい》モグラ！」

「わたしはモグラじゃないわ。人間《にんげん》よ」リリは説明《せつめい》しました。「わたしね、動物《どうぶつ》と話せるの」

　これを聞《き》いて、モグラたちはぱっとだまりこんでしまいました。

「そうか、そういう事情《じじょう》か！」しばらくすると、かん高い声が言いました。「ここに滞在《たいざい》している理由《りゆう》をのべよ！」

「えっと……体験合宿《たいけんがっしゅく》のため」

　またもや、しんとしてしまいました。

「その答えは受《う》け入れられん！」別《べつ》の声《こえ》が言いました。「ここにいる理由《りゆう》はなん

だ。食料《しょくりょう》さがしか？　逃亡中《とうぼうちゅう》か？　交尾《こうび》の相手《あいて》さがしか？　それとも、穴《あな》ほりか？」

「えっと……あなたたちと話をしたいから」

ふたたび静《しず》まり返《かえ》りました。

「その答えも受《う》け入れられん！」さらに別《べつ》のモグラが伝《つた》えました。「言葉《ことば》を交《か》わすのは、緊急《きんきゅう》に伝《つた》えなければならないことがあるときだけだ」

「ええ、そうなの！」リリはあわてて返事《へんじ》を考えました。「あなたたちは、町の広い範囲《はんい》をほりかえしてしまったでしょ……」

「そうだとも！」モグラはほこらしげに答えました。

「われわれは的確《てきかく》に仕事《しごと》をなしとげている」ほかのモグラが言いました。「われわれのほったトンネルはたいへん質《しつ》がよく、ひじょうにすぐれている」

「ええ、それはまちがいないでしょうね」リリは言いました。「でも、穴《あな》がたくさんありすぎて、人間《にんげん》たちは困《こま》っているの」

「どうしてだい？　よけて通ればいいじゃないか」さらに別《べつ》のモグラが言いました。「ぼくらだってがまんしているんだ。人間《にんげん》は、地面《じめん》に重《おも》い石をおいて、多くの場所《ばしょ》をふさいでしまった。空《あ》いている土地《とち》は穴《あな》をほったっていいじゃないか」

「ぼくらがこんなにふえたことはかつてない！」ほかのモグラは感動《かんどう》しています。「地下《ちか》の迷路《めいろ》もこれまでになくすばらしく、広大《こうだい》になった！」

たくさんのモグラたちが、そうだ、そうだ、と声をあげました。

リリはなにか言《い》いかけて、口をつぐみました。モグラたちに言えることなど、ほんとうはなにもないと、はじめから思っていたからです。その気持《きも》ちにまちがいはありません。今《いま》、はっきりとわかりました。「あなたたちと知り合えてうれしかったわ」リリはそれしか言いませんでした。

「ぼくらもうれしいよ」何匹《びき》ものモグラが返事《へんじ》をしました。「モグラ語《ご》を話せるモグラ人間《にんげん》を、これからは受《う》け入れ、歓迎《かんげい》しようではないか」

リリはほほえみました。「ありがとう」

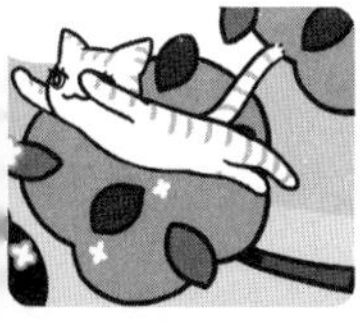

カラオケ大会

それから少《すこ》しして、リリとヴォルケとトリクシィとボンサイとシュミット伯爵《はくしゃく》夫人《ふじん》は部屋《へや》にもどりました。そのとき、さえずるような声がバッグの中から聞こえてきました。「もう話してもいい？」トルーディが言《い》いました。「だまっているのはたいへん。とてもたいへん。頭の中に話さないことがぜんぶたまっているの。このまま静《しず》かにしていたら、もっとふえてはじけちゃう！」

「もう話してもいいわよ、トルーディ」リリはバッグを開《あ》けました。「あとで話してもいいって、約束《やくそく》したものね。それに、あなたはとてもお行儀《ぎょうぎ》よくしていたわ」

「それなら、ごほうびにパンをちょうだい」トルーディは、バッグの中からさかだった小さな頭を出しました。

「うわあ！　かわいい！」ヴォルケは思わずさけびました。

リリはトリクシィとヴォルケに、牧草地《ぼくそうち》からもどるとちゅうで、トルーディのことを伝《つた》えておきました。

小さなフクロウは元気にペラペラ話し始《はじ》めました。せきとめられた小川の水が解放《かいほう》され、流《なが》れだしたときのようです。「さっきの奇妙《きみょう》な音はなんだったのかなあ？　キュウキュウって。歩く小さなビスケットみたいに感《かん》じた。そんなものってあるのかなあ？　あればとってもすてき！　キュウキュウって、あの音を聞いたとき、とてもわくわくして、不思議《ふしぎ》な気持《きも》ちになった……」

「あの音は、モグラの声よ」リリは想像《そうぞう》して言いました。「その気持《きも》ちは、きっとあなたが持《も》っている狩《か》りの本能《ほんのう》ね」

「モグラって歩く小さなビスケットのこと？」

「ちがうわ。モグラは動物《どうぶつ》よ。あなたたち、フクロウの獲物《えもの》なのよ」

「獲物《えもの》？　それなあに？」

リリはベッドにこしかけました。フクロウが獲物《えもの》をとる場面《ばめん》を想像《そうぞう》すると、ひ

どく怖《こわ》くなりました。けれども、自然《しぜん》界《かい》は、動物《どうぶつ》たちがほかの動物《どうぶつ》を食べるように調整《ちょうせい》されています。それが、自《し》然《ぜん》の真実《しんじつ》の姿《すがた》なのです。「それはね、フクロウがモグラを食べるということよ」

「まあ」トルーディは考えこんでいます。

「あたしもそうなの？」

「きっと、そうよ」

「それなら、あたしは、ほんとうはざんにんなけんかフクロウなのね」

「そうねえ、あなたは――」

「それって、いいこと？　それとも、悪《わる》いこと？」

リリはトルーディのやわらかい羽をなでました。「どちらでもない。あなたはありのままの自分《じぶん》でいればいいの」

トルーディはリリを見つめ、しばらく考えこんでいました。けれども、とつぜん、プリンについて話しだしました。そこで、リリはもう一度《ど》、鳥《とり》のエサをすすめてみました。トルーディははげしくこばみ、えんえんと大きな声で文句《もんく》を言いつづけました。そんなわけで、リリはプリンをさがしに合宿所《がっしゅくじょ》のキッチンにしのびこむことになってしまいました。リリにはいいアイデアがうかびません。今《いま》は、トルーディに人間《にんげん》の食《た》べ物《もの》を与《あた》えつづけるしかありません。けれども、それでは問題《もんだい》は解決《かいけつ》しません。クルミやドングリやプリンも、フクロウのほんとうのエサではありません。フクロウは肉食《にくしょく》の鳥《とり》なのです。

その夜《よる》、リリはほとんど眠《ねむ》れませんでした。リリは二段《だん》ベッドの下で横《よこ》になり、上ではヴォルケが眠《ねむ》っています。ボンサイはリリの足元《あしもと》で、シュミット伯爵夫人《はくしゃくふじん》はリリの横《よこ》で寝《ね》ています。トルーディはリリの枕元《まくらもと》で、目をらんらんとさせて元

気いっぱいに話しています。〝友だちサル〟のこと、おいしそうな〝モグラビスケット〟のこと、それに大好《だいす》きな、いとしのお嬢《じょう》ちゃんに会えないさみしさを、たえまなくしゃべりつづけました。

リリはぼんやりと考えました。トルーディが静《しず》かにしていたとしても、どのみち眠《ねむ》れなかったでしょう。森の中にはりめぐらされた柵《さく》のことで頭がいっぱいで、おなかが痛《いた》かったからです。

次《つぎ》の朝、みんなはへとへとになっていました。トリクシィの目の下には黒いくまができ、ヴォルケは枕《まくら》でたたき合ったかのように、ぼろぼろです。

「おはよう、みなさん！」トルーディは陽気《ようき》にあいさつしました。「リリ、長い夜《よる》だったね。一晩中《ばんじゅう》、どうしてなんにもしゃべらなかったの？　だれも話してくれなかった！」

「今夜《こんや》はトルーディだけ別《べつ》の場所《ばしょ》で寝《ね》てよね」トリクシィはうなりました。

「まったく受《う》け入れられませんわ」シュミット伯爵夫人《はくしゃくふじん》も、リリの毛布《もうふ》の下からはいだしてくると、いらいらしたような顔で文句《もんく》を言いました。「さか毛のご婦《ふ》人《じん》のおしゃべりを聞かされつづけるのは、とてつもなく苦痛《くつう》でございます！　それまではたいへん気分がようございましたが、ふきとんでしまいましたわ！」猫《ねこ》は思いきり体をのばしました。「とはいえ、またじきにいい気分がもどってくるかもしれませんわ……」すると、猫《ねこ》はとつぜん体をおこしました。「あら！　またもどってきましたわ！」猫《ねこ》はひじかけ椅子《いす》の背《せ》もたれにしなやかに飛《と》びうつりました。

「シュミちゃん、これから飛《と》ぶのかなあ？」ボンサイは、シュミット伯爵夫人《はくしゃくふじん》が今《いま》にも空を飛《と》ぶのではないかと、期待《きたい》しています。

「飛《と》ばないわよ、ボンサイ。シュミット伯爵夫人《はくしゃくふじん》がふわふわ飛《と》んでいるっていうのは、ただ――」

　猫《ねこ》は顔を洗《あら》いました。「ここでみなさんにお伝《つた》えできるのを、とてもうれしく思います。わたくし、とても気分がようございます！」

リリはあきれたように目をぐるりとまわしました。今《いま》のリリの気分はまったくその反対《はんたい》です。リリは眠《ねむ》い目をこすりながらガウンをとり、シャワーを浴《あ》びに行きました。もどってくると、ボンサイが飛《と》びついてきました。

「おーい、リリ！　おしっこ！　おしっこ！」

「ちょっと待《ま》って。すぐに外へ行くからね」リリは約束《やくそく》しました。「トルーディ、少《すこ》しの間、ここにひとりでいてくれる？」

小さなフクロウは、あまりうれしそうではありません。「それはいい思いつきじゃない。もっといい思いつきはないの？　だれかが入ってきて、あたしを食べようとしたらどうするの？」

「ここではそういうことはおこらないわ」

「あなたはかんたんにそう言う。でも、思いちがいかもしれない！」

リリはため息《いき》をつきました。「わかったわ」リリはトルーディをそっと手にとり、スウェットシャツのおなかのポケットに入《い》れました。

「すてき！」フクロウはさけびました。

「でもね、また静《しず》かにしていてね。きのうのように」

「ええ？　だまっていたら頭が爆発《ばくはつ》しちゃう！」

「それでもがまんして」

「がまんしたら、あとでたくさん話さないと。話さなかったことをすべて話しつくすまで」

リリはうめきそうになりました。

「リリ！　おしっこ！」犬はうしろ足で立ちあがり、ワンワンほえながら部屋《へや》の中を飛《と》びまわっています。

「わかったわよ、出かけましょう」

リリはおなかのポケットにトルーディを入れ、ボンサイとシュミット伯爵夫人《はくしゃくふじん》を連《つ》れて、外へ出ました。そして、ボンサイに用《よう》を足《た》させました。

朝食《ちょうしょく》のあとには、体験合宿《たいけんがっしゅく》での次《つぎ》の大きなイベントが待《ま》ちかまえていました。

カラオケ大会です。休《きゅう》けい室《しつ》の大きなテレビを使《つか》います。歌《うた》うのは生徒《せいと》たちです。それぞれのクラスから十人ずつが出場《しゅつじょう》し、ほかの生徒《せいと》たちが投票《とうひょう》し、優勝者《ゆうしょうしゃ》を選《えら》びます。リリが休《きゅう》けい室《しつ》に足をふみいれると、テレビの上に、さんぜんとかがやく〝イザヤが描《か》いた〟ポスターが目に飛《と》びこんできました。きのうの夜《よる》、イザヤはあれから、参加者《さんかしゃ》をさまざまな観点《かんてん》から評価《ひょうか》する採点方法《さいてんほうほう》を考えだしたらしく、先生たちがイザヤをほめる声も聞こえてきました。リリは、おなかのふくらみに気づかれないよう、さっとすわりました。そして、ポケットの上をなでながら、フクロウを落《お》ちつかせようとしました。こうすることでトルーディが眠《ねむ》ってくれるよう、期待《きたい》していました。

ギュムニヒ先生が前に出てきて言いました。「さて、それではこれからカラオケ大会を始《はじ》めます。まず、それぞれのクラスから、参加者《さんかしゃ》を十名選《えら》びます。歌《うた》いたい人は手をあげて！」

いくつかの手があがりました。

「よし、マイラ」先生は言いました。美《うつく》しいマイラは満足《まんぞく》げにほほえんでいます。マイラは天使《てんし》のような声で、とても上手《じょうず》に歌《うた》うんだろうな、とリリは思いました。

ギュムニヒ先生は、目を丸くしてこちらの方向《ほうこう》を見ています。「トリクシィ、きみも歌《うた》うのかい？」

リリは驚《おどろ》き、ふり返《かえ》りました。トリクシィは自分《じぶん》からすすんで手をあげています！

トリクシィはうなずきました。体をこわばらせ、まっすぐに前を見つめています。あれこれせんさくされたくないときに、トリクシィはいつもこんなふうにふるまいます。

ギュムニヒ先生は、エントリーした生徒《せいと》たちの名前をリストにどんどん書きこんでいきました。そして、言いました。「あとひとり、足《た》りないな。だれか参加《さんか》したい人はいないか？」

先生たちは生徒《せいと》たちを見わたしました。リリは首《くび》をすくめて、体を小さくしま

した。

「イザヤ、きみはどうかな?」ギュムニヒ先生はたずねました。

「あまり気分がのらないので、えんりょします」イザヤはことわりました。「ポスターも描《か》いたし、採点方法《さいてんほうほう》も考《かん》えたし、たくさん貢献《こうけん》しました。だから、今《いま》は休《きゅう》けいさせてください」イザヤはチャーミングにほほえみました。

「そんなこと言わないで、歌《うた》いましょうよ」イザヤのとなりで、マイラがしきりにすすめます。「一曲歌《きょくうた》うだけじゃない!」

イザヤはほほえみました。けれども、リリは気がつきました。イザヤはひどくきんちょうしています。どうしたのでしょうか?

「いいよ、やめておくよ。ほかの人にゆずるよ」イザヤは答えました。

「おじけづいたか?」ファービオが大きな声で言いました。

トールベンも笑《わら》っています。「歌《うた》うのが怖《こわ》いんだな?」

「ちがうよ!」イザヤは反論《はんろん》しました。

「それなら歌《うた》いなさいよ」みんなからよく見えるように、くじいた足を高くあげてすわっているグロリアが、横《よこ》から口を出しました。「どうせ、なんでもできるんだから、いいじゃない！」

「えんりょすることないわよ！」ヴィクトリアもグロリアに賛成《さんせい》しました。

「わかったよ、それならやるしかないな」イザヤはなんとも言えないような表情《ひょうじょう》をしています。けれどもリリには、イザヤの気持《きも》ちがよくわかりました。イザヤはひどく居心地《いごこち》の悪《わる》さを感《かん》じているのです。

ギュムニヒ先生がリストにイザヤの名前を書きこむと、カラオケ大会がスタートしました。はじめに、先生はマイラを呼《よ》びました。マイラはテンポの速《はや》いポップソングを選《えら》びました。そして、音楽《おんがく》が流《なが》れだすと、かわいらしい声で歌《うた》い始《はじ》めました。天使《てんし》の歌声《うたごえ》とまではいかないものの、真《ま》っ白《しろ》にかがやく歯《は》を見せながらみんなに笑《わら》いかけています。これで、追加点《ついかてん》を獲得《かくとく》できそうです。

その次《つぎ》は、イザヤの登場《とうじょう》です。イザヤはやる気なさそうに立ちあがりました。

イザヤの表情《ひょうじょう》はしんけんです。リリは、できることなら助《たす》けてあげたいと思いました。けれども、いい方法《ほうほう》が思いつきません。

イザヤは、みんなで歌《うた》えるサッカーの応援《おうえん》ソングを選《えら》びだし、マイクをにぎりました。そして、大きく息《いき》をはきだし、歌《うた》いだしました。このとき、どうしてそんなにきんちょうしていたのか、すぐにわかりました。イザヤはひどい音痴《おんち》なのです！

イザヤの仲間《なかま》たちが、大声をあげて笑《わら》いだしました。けれどもイザヤは、そんなことにひるむことなく、いっしょに歌《うた》うよう、手をふりまわしてみんなをせきたてました。それがうまくいき、リフレインにさしかかると、大勢《おおぜい》の生徒《せいと》がいっしょになって声をはりあげました。みんなが大声で歌《うた》ってくれたおかげで、イザヤの音程《おんてい》がいくらはずれていようが、だれにも聞こえません。音楽《おんがく》がおわったときには、生徒《せいと》たちは総立《そうだ》ちになって拍手《はくしゅ》を送《おく》りました。アンコールをさいそくする女子《じょし》たちもいます。けれどもイザヤは首《くび》をふり、急《いそ》いで自分《じぶん》の席《せき》にもどってしまいました。リリは、マイラがイザヤの肩《かた》に手をのせているのに気がつきました。なぐさめているのでしょうか、それとも、よかったと感想《かんそう》を言っているのでしょうか。

さて、その次《つぎ》は、トリクシィです。トリクシィは不気味《ぶきみ》な表情《ひょうじょう》でじっと前を見つめています。グロリアとヴィクトリアはクスクス笑《わら》い、イザヤよりももっとへたくそにちがいないと冷《ひ》やかしました。けれども、トリクシィはまったく動《どう》じていません。トリクシィは、声量《せいりょう》のある歌手《かしゅ》が歌《うた》う、とてもきれいなバラードを選《えら》びました。

「思いっきり音をはずすよ」だれかが言いました。「こんなむずかしい歌《うた》は、ミス・メロディにだって歌《うた》えないよ！」ミス・メロディはイザヤの担任《たんにん》で、学校の合唱団《がっしょうだん》も指導《しどう》しています。

曲《きょく》が流《なが》れ始《はじ》めると、トリクシィは、マイクをにぎり、目をとじました。トリクシィが歌《うた》い始《はじ》めたとき、リリは口をあんぐりと開《あ》けました。鐘《かね》の音《ね》のように澄《す》ん

だ、とても美《うつく》しい声なのです！　天使《てんし》の歌声《うたごえ》とはこのことです！　生徒《せいと》も先生も、水をうったように静《しず》まり返《かえ》ってしまいました。そして、トリクシィの歌声《うたごえ》に聞き入っていました。トリクシィはたっぷりと感情《かんじょう》をこめて歌《うた》いました。リリの目になみだがうかびました。ヴォルケやほかの少女《しょうじょ》たちも、泣《な》きだしそうです。

　そのとき、別《べつ》の声が聞こえてきました。高い、さえずるような声です。

「フウフウ、ボボボ……」声は、リリのおなかから聞こえてきます。おなかのポケットの中からです。「なんてすてきな歌《うた》！」キンメフクロウの声がします。フクロウは、いっしょに歌《うた》おうとしているのでしょう。「ムムム、フフフー、ボボボ……だれが歌《うた》っているの？　いとしのお嬢《じょう》ちゃんよりずっときれいな声！　とてもきれい！」

　ヴォルケは目を見開《みひら》いてリリを見つめました。もうおしまいです。

「歌《うた》わないで！」リリはびっくりし、ポケットに向《む》かってささやきました。トルーディは腹《はら》を立てたものの、静《しず》かになりました。

リリはきょろきょろしました。みんなはトリクシィの歌声《うたごえ》にすっかり引《ひ》きつけられています。フクロウの声にはだれも気づいていないようです。リリはほっと息《いき》をはきだしました。

トリクシィが歌《うた》いおわると、嵐《あらし》のような拍手《はくしゅ》が巻《ま》きおこりました。トリクシィはみんなから温《あたた》かくむかえられました。生徒《せいと》たちは立ちあがり、手を高くあげて拍手《はくしゅ》をしています。トリクシィは言葉《ことば》を失《うしな》い、おろおろしています。自分《じぶん》でも信《しん》じられないのでしょう。トリクシィは、たくさんの人から歓迎《かんげい》された経験《けいけん》があまりないのでとまどっているのです。けれども、こんなふうに称賛《しょうさん》を浴《あ》び、とてもうれしそうです。いろんな方向《ほうこう》を向《む》いて、なんどもぺこぺことおじぎをしました。

「わたし、もう歌《うた》いたくない！」急《きゅう》に、次《つぎ》に歌《うた》うことになっていた少女《しょうじょ》が大きな声で言いました。「トリクシィみたいに、あんなに上手《じょうず》に歌《うた》えないもの」

「トリクシィのようにうまく歌《うた》える人なんていないよ」同じくエントリーしているリリのクラスの男子生徒《だんしせいと》、ダミアーンです。ダミアーンは一同《いちどう》を見まわし、言いました。「まだ歌《うた》いたい人はいる？」

だれも手をあげません。

トリクシィは首《くび》をふり、ぼうぜんとしています。「コンテストをぶちこわすつもりなんてなかったのに……」

「これでいいですよね」ダミアーンはギュムニヒ先生のほうを見ました。「トリクシィが一番《ばん》でいいじゃないですか」

イザヤがうなずきました。「それなら得点《とくてん》をつける必要《ひつよう》もなくなったね」

ギュムニヒ先生はミス・メロディのもとへ行きました。そして、少《すこ》しばかり相《そう》談《だん》してから言いました。「トリクシィ、きみの声はずばぬけてすばらしい！　ほんとうに、もうだれも歌《うた》いたくないなら……」先生は生徒《せいと》たちを見わたしました。

だれもなにも言いません。

すると、ミス・メロディが大きな声で言いました。「それでは、トリクシィの優勝《ゆうしょう》です！」

優勝者《ゆうしょうしゃ》が発表《はっぴょう》されると同時《どうじ》に、またもや嵐《あらし》のような拍手《はくしゅ》がおこりました。トリクシィは顔をかがやかせました。

何人かの生徒《せいと》たちが、もっと歌《うた》ってほしいとリクエストしました。すると、みんなは声をそろえてさけびました。「アンコール！　アンコール！　アンコール！」

トリクシィはうなずき、さらに一曲《きょく》、バラードを選《えら》びました。音楽《おんがく》が流《なが》れ始《はじ》めると、みんなは息《いき》を止《と》めました。そして、トリクシィは歌《うた》い始《はじ》めました。ミス・メロディは目をとじてうっとりしています。ほかの人たちと同じように、リリも深《ふか》く感動《かんどう》しました。

ところが、歌《うた》がおわりに近づいたときです。とつぜん、またもや鳥《とり》の声が聞こえてきました。「ムー、ボボボ、ホウホウ……」

リリは、静《しず》かにするよう、トルーディにささやきました。けれども小さなフクロウは言うことを聞いてくれません。

「これはとってもきれいな歌《うた》。それに、とってもきれいな声！　いっしょに歌《うた》わないなんて、もったいない！　ホー、ボボボ……」

リリはくちびるをかみました。さて、どうしたらいいのでしょうか？

トリクシィが歌《うた》いおえると、またもや大きな拍手《はくしゅ》がわきおこりました。そしてトリクシィが席《せき》につくと、拍手《はくしゅ》はしだいにおさまっていきました。ところが、トルーディはひとりで歌《うた》いつづけています。だれの耳にもはっきりと聞こえます。

リリは両手《りょうて》の指《ゆび》をからませました。

「なんの音？」女子生徒《じょしせいと》がたずねました。すると、ギュムニヒ先生がリリの横《よこ》に立ちました。みんなは不思議《ふしぎ》そうにリリを見つめています。

「えっと……その……フクロウがいるんです」リリはしどろもどろに説明《せつめい》しました。しかられるでしょうか？　それとも、これにかこつけて、グロリアに意地悪《いじわる》されるでしょうか？「この中にいます」リリがゆっくりとおなかのポケットの口を引《ひ》っぱると、やわらかい羽毛《うもう》におおわれたフクロウの顔があらわれました。

「うわあ！」何人かの女子生徒《じょしせいと》がさけびました。「かわいい！」

小さなフクロウを見ようと、生徒《せいと》たちがいっせいにリリのまわりにおしよせました。

トルーディは人が殺到《さっとう》するのに気がつき、すばやく頭をポケットの中に引《ひ》っこめ、大きな声で言いました。「たくさんは、多すぎ！」

「どこで見つけたんだい？」グッドウィン先生がたずねました。

リリは話をはしょって説明《せつめい》しました。ツップリンゲン動物《どうぶつ》公園からプーとシュヌーを借《か》りてきたことも、イザヤがずっといっしょにいたことも話しませんでした。このことで罰《ばつ》を受《う》けるにしても、イザヤには責任《せきにん》がないと思ったからです。

「こっそり森へ行ったんだね？」リリが話しおえると、ギュムニヒ先生はたずねました。「具合《ぐあい》はそんなに悪《わる》くなかったんだね？」

リリはうしろめたい気持《きも》ちになり、自分《じぶん》のつま先をじっと見つめました。

「先生たちに相談《そうだん》してくれればよかったのに」ヘンヒェン先生がとがめるような

口調《くちょう》で言いました。「そうすれば、いっしょにフクロウを助《たす》けられたのに。みんなでわかちあえる、すばらしい思い出になったのに」

「ごめんなさい」リリはしょんぼりと答えました。

「これからこのフクロウをどうするか、みんなでいっしょに考えましょうよ」ミス・メロディが提案《ていあん》しました。

生徒《せいと》たちは、この提案《ていあん》にすっかり興奮《こうふん》しています。

「フクロウはほんとうなら森でくらす動物《どうぶつ》だ」ギュムニヒ先生は言いました。「だけど、トルーディは生きのびられない。狩《か》りの仕方《しかた》や、敵《てき》の攻撃《こうげき》から身《み》を守《まも》る方法《ほうほう》を学《まな》んだことがないからね」

口だけは達者《たっしゃ》なんだけど、とリリは心《こころ》の中で言いそえました。

「森でのくらしになれたとしても、トルーディにはとても危険《きけん》です。この森の木は切りたおされてしまうからです」リリは説明《せつめい》しました。

「なんだって?」グッドウィン先生が大きな声で言いました。「その話ははじめ

て聞いたよ！」

リリはそれからいくらか小さな声で、森にはりめぐらされた柵《さく》のことを伝《つた》えました。みんなが見つめるので、リリはかくれたいと思いました。けれども、森林《しんりん》伐採《ばっさい》について話し合うことはとても重要《じゅうよう》です。ですから話しつづけました。

「野生生活《やせいせいかつ》の経験《けいけん》が足《た》りないフクロウが、大きな工事現場《こうじげんば》のそばで生きのびられるチャンスはまずないな」ギュムニヒ先生は悩《なや》んでいます。

「そこでくらしているほかの動物《どうぶつ》たちだって、木の伐採《ばっさい》や工事《こうじ》のために、危険《きけん》にさらされるわ！」ミス・メロディが言いました。「そもそも、どうしてこの森を切りひらいてまで、ショッピングセンターを作《つく》る必要《ひつよう》があるのかしら。ツップリンゲンにはほかに二つもあるというのに」

ギュムニヒ先生はポケットからけいたい電話《でんわ》をとりだしました。「森林管理局《しんりんかんりきょく》に聞いてみよう」

リリは驚《おどろ》いて先生を見つめました。たまにはおとなに協力《きょうりょく》してもらうのも、悪《わる》くはなさそうです。

ギュムニヒ先生は、けいたい電話《でんわ》の番号《ばんごう》をおしました。「もしもし？　あのですね、ツップリンゲンの森の伐採《ばっさい》のことでおたずねしたいことがあります」沈黙《ちんもく》。「それは、どうしても必要《ひつよう》なことですか？」沈黙《ちんもく》。「できることはないんですね？」沈黙《ちんもく》。「わかりました。ありがとうございました」先生は電話《でんわ》を切り、がっかりしています。「森林管理局《しんりんかんりきょく》の人たちも、森林伐採《しんりんばっさい》には反対《はんたい》していたよ。何か月にもわたり、建設計画《けんせつけいかく》をやめさせようと試《こころ》みたそうだ。でも、成功《せいこう》しなかった。あした、工事《こうじ》が始《はじ》まるらしい」先生は報告《ほうこく》しました。

みんなはうろたえました。そして、部屋《へや》の中がしんと静《しず》まり返《かえ》りました。

「ほんとうに、どうすることもできないんですか？」イザヤがたずねました。

「ああ、どうやらむりらしい」ギュムニヒ先生は首《くび》をふり、あきらめ顔で言いました。

森の運命《うんめい》はすでに決《き》められてしまったようです。

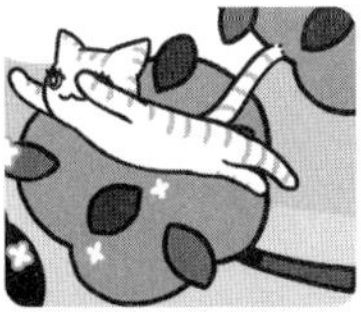

挑戦《ちょうせん》

　夜《よる》、リリはボンサイとシュミット伯爵夫人《はくしゃくふじん》を連《つ》れて、合宿所《がっしゅくじょ》のまわりを散歩《さんぽ》しました。リリは深《ふか》く考えこんでいました。夕食《ゆうしょく》もほとんど喉《のど》を通りませんでした。さまざまなことが頭の中をかけめぐっていたのです――トルーディのこれからのこと、グロリアのくじいた足のこと、森の伐採《ばっさい》のこと、それに、イザヤとマイラのこと。マイラは夕食《ゆうしょく》のときに、イザヤと仲間《なかま》のすわるテーブルにつき、食事《しょくじ》がおわってからも、その場《ば》に残《のこ》っていました。きっと、イザヤとマイラはまだそこにいるのでしょう。

　トルーディはあいかわらずリリのおなかのポケットの中で、ペラペラしゃべりつづけています。

「歩くビスケットは獲物《えもの》。獲物《えもの》は食《た》べ物《もの》のこと。でも、食べるためには、まず、それをつかまえなければならない。ふむ、よく考えてみよう。考えるのは、たいてい、悪《わる》いことじゃない。どうすれば、そのビスケットがとれるかなあ。あたしは、きちんと飛《と》ぶことすらできない。飛《と》べるようになるには、とてもいい方法《ほうほう》を思いつかないと」

「リリ！」ボンサイがキャンキャンほえました。「なにかしようよ！　シュミちゃんをくすぐるとか、そういうやつ」

「だめよ、そんなことはできないわ」

「でも、つまらないよ！」

「きょうは特別《とくべつ》なことはなにもしない」リリはそこまで言うと、口をつぐみました。建物《たてもの》のかどを曲《ま》がると、グロリアとヴィクトリアの姿《すがた》が目に入りました。ふたりはベンチにすわっています。

「あら、スーゼウィンドじゃない」ヴィクトリアが冷《ひ》ややかな声であいさつしました。「なんて顔をしているのよ。ごきげんななめ？」

「ぜんぜん」リリはそそくさと通りすぎようとしました。

「マイラとイザヤのことが気になっているんでしょ」グロリアはじっとリリを見つめました。「イザヤにかまってもらえないんですもの。そりゃあ、しゃくにさわるわよね。マイラに引《ひ》っかかってしまうなんて」

リリはなにも言わずに、ふたりの前をドシドシと足早に通りすぎました。そして、建物《たてもの》のかどを曲《ま》がったところで足を止《と》めました。

「ボンサイ、わたしね、考え直《なお》した」リリはとげのある低《ひく》い声で言いました。「やっぱり特別《とくべつ》なことをするわ。これからもう一度《ど》、森へ行きましょう」そのときのリリは、ギュムニヒ先生になんと言われようがかまわない、と決意《けつい》していました。ただ、マイラにもグロリアにもヴィクトリアにも会わずにすむ場所《ばしょ》へ行きたかったのです。

「わあい、すごいぞ！」犬はキャンキャンほえました。「ついに飛《と》ぶんだ」

「挑戦《ちょうせん》してみるの」リリは迷《まよ》っていました。そして、森へつづく道《みち》を歩いていきました。

　シュミット伯爵夫人《はくしゃくふじん》はあいかわらずごきげんで、リリの横《よこ》を小走《こばし》りしながらひどく奇妙《きみょう》な春の歌《うた》を熱唱《ねっしょう》しています。

　ボンサイも、いつものようにはりきっています。「シュミちゃんにはきっと羽があるんだ！　これまで、見せてくれなかっただけだね！　折《お》りたたんで、おなかの中にしまってあるのか、まあ、そんなところだな。わあい、わあい！　おいらにも、羽がついているかもしれないぞ！　そうしたら、ふたりでいっしょに飛《と》べるぞ。屋根《やね》の上《うえ》を猛《もう》スピードで飛《と》ぶんだ！　空飛《そらと》び野郎《やろう》たちをビビらせてやる！」

　リリはボンサイの話を上《うわ》の空で聞いていました。これからやろうとしていることで頭がいっぱいだったのです。それは、トルーディに森の仕組《しく》みを説明《せつめい》し、空を飛《と》ぶようにさそいだすという計画《けいかく》です。小さなフクロウが自然《しぜん》の中で生きるためには、基本的《きほんてき》なことができなければなりません。

　しばらく森の中を歩いたところで、リリはポケットからトルーディをとりだし

ました。

「ウハハ、ウホホ」フクロウはキャッキャと声をあげました。「くすぐったい！」

「ひどい笑《わら》い上戸《じょうご》でございますわね」シュミット伯爵夫人《はくしゃくふじん》はあきらめ顔で言うと、草むらの中にすわりました。「わたくし、ここでお休みいたします」

「トルーディ、あなたにはいくつか学《まな》ぶべきことがあるの」リリはフクロウのふわふわの胸《むね》と美《うつく》しい羽をそっとなでました。「そのために、ここへ来《き》たのよ。これからあなたに野生《やせい》でのくらしについて説明《せつめい》するわ。それから、いくつか挑戦《ちょうせん》してみましょう」

「飛《と》ぼうよ！　今《いま》すぐ！」ボンサイが大きな声でほえました。

リリは身《み》をかがめて、ボンサイの首《くび》を軽《かる》くたたきました。「あとでね」

「でも、おいら、今飛《いまと》びたいんだよ！　空飛《そらと》び野郎《やろう》をおどかして、巣《す》から落《お》としてやるんだ。おいらが飛《と》べば、みんなびっくりするぞ！」

リリはまゆをひそめました。「あなたが飛《と》ぶってだれが言ったのよ」犬が話していたことを、もっときちんと聞いておくべきでした。

「おいらだよ！　リリも！　それにシュミちゃんも！」ボンサイは陽気《ようき》にほえました。「だれだっていいさ！　シュミちゃんとおいらはいっしょに飛《と》ぶんだ！　超高速《ちょうこうそく》の空飛《そらと》ぶ弾丸《だんがん》チームだ！」

「ボンサイ、あなたって――」リリが言いかけると、トルーディがピーッと鳴《な》きました。

「わかった。それなら説明《せつめい》して！　話を聞いてみる。でも、どうするかはまだ決《き》めない。ああなるかもしれないし、こうなるかもしれない。あたしが自分《じぶん》で判断《はんだん》する」

「そうね」リリは少《すこ》しばかりほほえみました。「わかったわ。それでは、フクロウたちの生活《せいかつ》について説明《せつめい》するわ」

リリは、夜《よる》の冒険《ぼうけん》と狩《か》りのこと、心地《ここち》よい巣穴《すあな》のこと、それに、風に乗《の》って空を飛《と》ぶ、楽しい飛行競走《ひこうきょうそう》のことを語《かた》りました。その間、シュミット伯爵夫人《はくしゃくふじん》は草

の上にすわり、体をなめてきれいにし、ボンサイは、はりきってあちこち歩きまわっていました。

「それはとても楽しそう」トルーディは話を聞きおわると言いました。「でも、正直《しょうじき》に言うと、そんな生活《せいかつ》、あたしにはまったく考えられない。合ってない。だって、あたしはお行儀《ぎょうぎ》のいいフクロウだもの。野生《やせい》じゃないの」

「もう一度《ど》、挑戦《ちょうせん》してみましょうよ」リリはすすめてみました。「空を飛《と》ぶのはとても楽しいわよ！」

「どうしてそんなことを知ってるの？」

「えっと……気球《ききゅう》に乗《の》って空を飛《と》んだことがあるから」

「それって、ボールみたいな丸い鳥《とり》のこと？」

「ちがうわ。まあ、どうでもいいわ。とにかく、ぜひとも挑戦《ちょうせん》するべきよ」

「やってみようかな！　でも、やりたくないかもしれない。ああ、自分《じぶん》でもどうしたいかわからない」トルーディは不《ふ》きげんに小さな羽をバタバタあおぎました。「そんなことをしてもむだだと思う。むだなことをするのはよくない。とてもよくない。うまくいけばいいけど、でも、むだなことをするとむだになるだけ。あなたもそのくらいのことはわかってよね」

　リリはため息《いき》をつきました。「お願《ねが》いだから、挑戦《ちょうせん》してみて！」リリには、どうやって説得《せっとく》すればいいのか、わかりませんでした。

「それなら一回《かい》だけ！　でも、期待《きたい》はずれな結果《けっか》になったら、この思いつきはよくなかったということね。それでいいでしょ？」

「わかったわ」リリは用心深《ようじんぶか》く小さなフクロウをだきあげました。そして、背《せ》のびをし、セイヨウトネリコの枝《えだ》にすわらせました。

　トルーディは首《くび》をいっぱいにまわし、それからもとにもどしました。

　ボンサイとシュミット伯爵夫人《はくしゃくふじん》は、夢中《むちゅう》になってキンメフクロウを見ています。

「さて」トルーディは声をあげました。「それで、どうすればいいの？」

「枝《えだ》から飛《と》ぶの」

「わかった」フクロウは枝《えだ》からぴょんと飛《と》びおりました。そして、へなへなと下へ落《お》ち、山のように積《つ》もった落《お》ち葉《ば》の中にバサッと音をたてて落下《らっか》しました。

「うわあ！」フクロウはさっそくわめきました。「ほら、言ったとおりじゃない！これでわかったでしょ。こんなことをしてもむだなのよ。むだなことをして、やっぱりむだになった！　まったくの、むだ！」

リリはあわててかけよりました。そして、フクロウを拾《ひろ》いあげると、体をなでて落《お》ちつかせようとしました。「トルーディ、もちろん翼《つばさ》を広げないと飛《と》べないわよ！」

「教えてくれなかった！」

「知っていると思ったのよ」

「もうなんにもわからない！　それって、とても悪《わる》い」トルーディはぶるぶるっと身《み》ぶるいしました。「今《いま》すぐうちに帰《かえ》る。森のくらしはきつすぎる」

リリは深《ふか》いため息《いき》をつきました。

「リリ、どうしたのさ?」ボンサイはリリに軽《かる》く体当たりしました。

「トルーディがもう飛《と》びたくないって言うの」リリはつぶやき、がっかりしています。「これまでにきちんと飛《と》んだことがないのよ。それに、糸が足にからみついて動《うご》けなくなってしまったことで、飛《と》ぶのがもっと怖《こわ》くなってしまったのね」

「そういうこと」キンメフクロウは相《あい》づちをうちました。「とっても怖《こわ》い。だから、むりにやらせようとしてもだめ」

そのとき、シュミット伯爵夫人《はくしゃくふじん》が立ちあがりました。「実際《じっさい》にお見せして教育《きょういく》なさるのはどうかしら」猫《ねこ》はすばしっこく木に登《のぼ》り、高い枝《えだ》の上でバランスをとりました。「さか毛のご婦人《ふじん》さま、ごらんになって!」

リリはあわてて通訳《つうやく》しました。猫《ねこ》はなにをもくろんでいるのでしょうか?

「どうすべきか、お見せいたしましょう」シュミット伯爵夫人《はくしゃくふじん》はほこらしげに言うと、枝《えだ》からぴょんと飛《と》びおりました。

ボンサイの耳がぴくっと動《うご》き、ぴんと立ちました。「シュミちゃんが飛《と》んだ!」

猫《ねこ》は落下《らっか》しながら、さけびました。「ここで足を広げます！」猫《ねこ》は四本の足をのばし、しっぽをパタパタさせながら、うなりをあげておりてきました。そして、みごとに着地《ちゃくち》しました。

「シュミちゃん！　どういうことだ!?」ボンサイは興奮《こうふん》しながら猛《もう》スピードで猫《ねこ》にかけよりました。「なんで？　どうして？　どういうこと？　おなかの中に折《お》りたたみの羽なんか入っていないじゃないか。どこにもない！　どうしてないんだよ！」小さな犬はすっかりとまどっています。「なんだ、ぜんぜん飛《と》べないじゃないか！　それなら、おいらも飛《と》べないの？　おいら、空飛《と》ぶ弾丸《だんがん》じゃないの？」

「ボンサイ、あなたは……」リリは犬の背中《せなか》をなでてなぐさめました。「残念《ざんねん》だけど、飛《と》べないの。猫《ねこ》は高いところからでも、上手《じょうず》に飛《と》びおりられるわ。だから、シュミット伯爵夫人《はくしゃくふじん》は枝《えだ》から飛《と》んだのよ。羽はないけれど、どうしたらうまく飛《と》べるか、トルーディに見せてくれようとしたの」

「羽ですって？」シュミット伯爵夫人《はくしゃくふじん》は気分をそこねてしまいました。「だれが羽なんて使《つか》うんです？　やれ羽だ、手だのと、ちょっと大げさすぎやしませんこと。わたくしの体は理想的《りそうてき》な装備《そうび》をそなえておりますの。羽なんていりませんわ。この足が一番《ばん》ようございます」

「もちろんですよ」リリは言いました。「実演《じつえん》、ありがとうございました」

「そうか、それはとってもいい思いつき」トルーディもほめました。「羽を使《つか》って飛《と》ばなくてもうまくやっていける方法《ほうほう》ね。とってもいい！　そもそも、あたしはいとしのお嬢《じょう》ちゃんのところへ帰《かえ》りたいの」

リリはあきらめました。トルーディに森でくらすよう

説得《せっとく》するのはむりなのです。「もういいわ。合宿所《がっしゅくじょ》へもどりましょう」リリは冷静《れいせい》になり、つぶやきました。そして、ふたたびトルーディをおなかのポケットに入れて、歩きだしました。とちゅうで、テンとカッコウ、それに二匹《ひき》の野《の》ウサギと、ひとことふたこと言葉《ことば》を交《か》わしました。やがて、柵《さく》のはられた広い野原《のはら》にもどってきました。そこにはすでに、何台《なんだい》かのブルドーザーが配置《はいち》されています。大きな、ぴかぴか光る鉄《てつ》の巨人《きょじん》のようです。これが、あしたの朝には、柵《さく》の向《む》こう側《がわ》にある森の木々や茂《しげ》みをとりはらってしまうのです。

これを見たとき、リリの中に悲《かな》しみの波《なみ》がおしよせました。これからおきることは、どう考《かんが》えても正しいことではありません。リリは決心《けっしん》すると、草原《そうげん》を横《よこ》ぎり、柵《さく》を乗《の》りこえました。柵《さく》の向《む》こう側《がわ》にある木々は、ほかの木と同じように生き生きとしています。不幸《ふこう》にも、生えている場所《ばしょ》がちょっと違《ちが》うだけで、伐採《ばっさい》されようとしています。

リリは太いナラの木をなで、幹《みき》にひたいをおしあてました。どれほどたくさんの嵐《あらし》をのりこえてきたことでしょう。このとても古《ふる》い木の中で、命《いのち》の鼓動《こどう》が強《つよ》く、静《しず》かに脈《みゃく》うっています。

「こんばんは、リリ」とつぜん、低《ひく》い鳥《とり》の声が聞こえてきました。

「ウフーニバルト！」

リリは喜《よろこ》び、大きな声をあげました。

ワシミミズクが飛《と》んでくると、リリは反射《はんしゃ》的《てき》に腕《うで》をのばしました。巨大《きょだい》な鳥《とり》は、リリの腕《うで》にとまりました。重《おも》すぎて、リリにはささえきれません。

「わたしをたずねてくれたのかい？　わたしの家《いえ》がここにあると、どうしてわかったのかね」ウフーニバルトはちらりと見上げました。

リリも、フクロウが見ているほうを見ました。ナラの木には節穴《ふしあな》があり、その中がウフーニバルトの巣《す》のようです。

「どうしよう」リリは思わず言いました。

「なにかまずいことでもあるのかい？」ウフーニバルトは不思議《ふしぎ》そうに、リリを見つめました。「とてもすてきなほら穴《あな》だよ！」

リリがよろめいたので、ワシミミズクはバタバタと舞《ま》いあがり、枝《えだ》に飛《と》びうつりました。

「それは……まずいわ」リリは息《いき》をつまらせました。

トルーディがポケットの中から顔を出しました。「とてもまずいの？」

「ええ」

「なにがまずいの？」ボンサイはウォッとほえました。

リリは地面《じめん》に開《あ》いた二つのモグラの穴《あな》の間にドスッとこしをおろしました。ウフーニバルトはリリのとなりに舞《ま》いおりました。

「この木は切られてしまうの」リリはひどくうろたえました。「もうじき、あなたのうちはなくなってしまうのよ」

ウフーニバルトはびっくり仰天《ぎょうてん》し、リリをじっと見つめました。「木が切られるってどういうことかね？　なにがおこるんだい？」

「ここらへんのすべての木がなくなってしまう。一本も残《のこ》らない！」トルーディが説明《せつめい》しました。トルーディは、午前中《ごぜんちゅう》にリリがほかの生徒《せいと》たちに説明《せつめい》していたことを聞いていたのです。「これでわかるでしょ。森に住《す》むのはとても危険《きけん》！」

ウフーニバルトはぎょっとしています。「しかしだね、われわれはここでくらしているのだよ」ワシミミズクには信《しん》じられませんでした。「われわれのふるさとを、そんなかんたんにとりあげることはできないよ！」

「できるのよ」リリは小声《こごえ》で答えました。「残念《ざんねん》だけど、人間《にんげん》は、そういうこと

をくり返《かえ》しするの」

「どうしてかね？」ワシミミズクはたずねました。

「人間《にんげん》は、自分《じぶん》たちには森を好《す》きなようにしてもいい権利《けんり》があると考えているの」

「だが人間《にんげん》が生活《せいかつ》するのに、われわれのように、どうしてもこの森が必要《ひつよう》というわけではないだろうに！」

リリは喉《のど》になにかがつまったように苦《くる》しくなり、声が出せませんでした。

「リリ、あなただって人間《にんげん》じゃない！」トルーディが口をはさみました。「あたしは、人間《にんげん》ってそんなに悪《わる》くないと思う」

リリは遠くの一点を見つめました。そのとき、高い、か細い声が聞こえてきました。

「情報《じょうほう》をありがとう。それは、重要《じゅうよう》な事件《じけん》の中でも、たいへん重大《じゅうだい》なことだ！」

「ネズミモグラ！」シュミット伯爵夫人《はくしゃくふじん》がすばやく攻撃体勢《こうげきたいせい》になりました。ウフーニバルトもぴくっと動《うご》きました。穴《あな》の中から鼻先《はなさき》を出《だ》した、ビロードのように光る毛皮《けがわ》の小さな動物《どうぶつ》に、おそいかかろうとしています。トルーディも、攻撃《こうげき》的《てき》な目つきになっています。

「だめよ！　みんな、モグラをおそわないで！」リリはきびしい口調《くちょう》でさけびました。すると、動物《どうぶつ》たちは止《と》まりました。トルーディが狩《か》りを学《まな》ぶことはとても重要《じゅうよう》です。けれどもリリは、モグラが餌食《えじき》となるのをだまって見てはいられませんでした。

「こんばんは！」リリはモグラにあいさつしました。

「こんばんは、モグラ語《ご》を話《はな》すモグラ人間《にんげん》」モグラは返事《へんじ》をしました。「今《いま》、きみが話していたことは、ひじょうに気がかりだ」

「木を切りたおすこと？　ええ、そうよね」

「人間《にんげん》は、この地域《ちいき》も重《おも》い石でふさいでしまうつもりなのかね？　これまでに、多くのほかの地域《ちいき》でしてきたように」

「そうなの、残念《ざんねん》だけど」リリは悲《かな》しそうに答えました。

もう一匹《ぴき》のモグラが穴《あな》から鼻《はな》を出しました。ボンサイはぴくっと体を動《うご》かしたものの、その場《ば》にすわってがまんしました。

「やめさせる手だてはないのかね？」二番目《ばんめ》のモグラがたずねました。

リリは首《くび》をふろうとしました。そのとき、とつぜんいいことを思いつきました。巨大《きょだい》な貨物列車《かもつれっしゃ》が通過《つうか》したかのように、そのアイデアは轟音《ごうおん》をたててリリの中に飛《と》びこんできました。リリはあたふたと体をおこしました。「これよ！」リリは興奮《こうふん》しています。「そうよ、こうすればいいのよ！」

「なにがどうしたんですって？」シュミット伯爵夫人《はくしゃくふじん》がたずねました。

リリは少《すこ》しばかり考えてから、身《み》をのりだしました。「みんな、よく聞いて」リリはそう言うと、モグラとフクロウと犬と猫《ねこ》に、自分《じぶん》の計画《けいかく》を説明《せつめい》しました。

ふと思いついたことが、またたくまに一つの計画《けいかく》へとねりあげられたのでした。

友だち

次《つぎ》の朝。リリは、ヴォルケとトリクシィとほかの仲間《なかま》とともに、食堂《しょくどう》で朝食《ちょうしょく》をとっていました。そこへ、グロリアが片足《かたあし》を引《ひ》きずりながらやってきて、リリのグループの席《せき》につきました。

「リリ、つらい思いをするのはわかってる。でも、あなたにも知る権利《けんり》があるわ」

グロリアは同情《どうじょう》しているようなふりをしながら言いました。

「あっちに行ってよ、ポトフスキ」トリクシィはつっけんどんに言いました。

グロリアはトリクシィを無視《むし》して話しつづけました。「リリ、知ってるでしょ。きのうの夜《よる》、イザヤとマイラが長いこと話しこんでいたのを」

リリは＊ミューズリの入った器《うつわ》の中を、じっと見つめました。

「そんなこと、知りたくもないわよ、ポトフスキ！」トリクシィはグロリアに向《む》かってどなりました。

＊ミューズリ　オートミールなどのフレークと干《ほ》しブドウやナッツ、乾燥《かんそう》フルーツなどをまぜた食《た》べ物《もの》。

グロリアは、トリクシィになにを言われようが気にしていません。「ヴィクトリアが見たのよ。イザヤとマイラがキスしてたんですって！」グロリアは勝《か》ちほこったように言いました。

ヴォルケはびっくりしてグロリアを見つめました。

トリクシィも言葉《ことば》を失《うしな》っています。けれども、冷《ひ》ややかに笑《わら》い、言い返《かえ》しました。「自分《じぶん》だって信《しん》じていないくせに。どうせ作《つく》り話でしょ！」

グロリアは首《くび》をふりました。「確《たし》かに、リリにこのことを伝《つた》えるのは楽しいわよ」グロリアは口元《くちもと》にうすら笑《わら》いをうかべました。「でも、だからといって、イザヤとマイラがキスした事実《じじつ》は変《か》わらないわ。あなたたちだって、ここのところ、ふたりがよくいっしょにいるのに気がついていたでしょ。ちがうの？　あのふたりがそういう関係《かんけい》なのは、はっきりしているじゃない……」

とつぜん、リリは勢《いきお》いよく立ちあがりました。ガタンと大きな音をたてて、椅《い》子《す》が床《ゆか》にたおれました。

「リリ……」ヴォルケは言いました。

リリはすでに背中《せなか》を向《む》けていました。そして、足早に食堂《しょくどう》を出ると、部屋《へや》へかけあがりました。それからベッドに体を投《な》げだし、泣《な》きだしてしまいました。

「まあ、すっかりぼろぼろでございますわね」シュミット伯爵夫人《はくしゃくふじん》はニャアと鳴《な》き、リリにぎゅっと体をおしつけると、低《ひく》く、静《しず》かにゴロゴロ喉《のど》を鳴《な》らしました。

「安心《あんしん》してくださいませ……ゴロゴロゴロ」

けれども、なみだが止《と》まりません。リリは、顔を枕《まくら》にうずめました。

「これはまったくよくない！　ぜんぜんよくない！」ボンサイはウォッとほえました。それから、鼻《はな》をクンクン鳴《な》らしました。「どうしたんだよ」

そこへ、椅子《いす》の背《せ》もたれにすわっていたトルーディがジャンプし、リリの横《よこ》におりました。「きょうは悪《わる》い日。とっても悪《わる》い日。けさ、あたしはそう思ってた。でも、とちゅうですべてが変《か》わってしまった。それからは、悪《わる》いと思わなくなった。きょうはいい日。とってもいい日！」トルーディは、自分《じぶん》の話がわかりにく

いことに気がつき、言い直《なお》しました。「ええと、気持《きも》ちは変《か》えられるということよ！」

いつものリリなら、どうしてそんなふうに気分が変《か》わったのか、トルーディに理由《りゆう》をたずねるでしょう。けれども今《いま》は、リリの頭の中はほかのことでいっぱいです。どうしてイザヤはリリになにも話してくれなくなってしまったのでしょうか？　もう、リリを信頼《しんらい》していないのでしょうか？　どうしてマイラについて、一言《ひとこと》もしゃべらないのでしょうか？　ほんとうに、マイラに恋《こい》しているのでしょうか？

リリはすすり泣《な》きました。さまざまな思いが胸《むね》の中にうず巻《ま》いています。心《こころ》の傷《きず》がひりひりと痛《いた》みます。自分《じぶん》はみんなよりも劣《おと》っている。みんなよりもかわいくない。人気がない。スポーツが苦手《にがて》。動物《どうぶつ》と話せなければ、なに一つとりえがない。それに、自分《じぶん》の持《も》っている能力《のうりょく》のせいで、ますますひとりぼっちになっていく……。リリは自分《じぶん》に語《かた》りかけました。

「リリ……」ヴォルケがベッドのふちにこしかけ、リリの髪《かみ》をなでました。「イザヤはあなたの友だちよ。きっとこれからも、あなたといっしょにすごしてくれるわ。今《いま》、マイラと――」

トリクシィがヴォルケをさえぎるように言いました。「グロリアはとても楽しそうだった。リリにあんなひどいことを聞かせて。とんでもないやつだわ」

リリは、なにか言おうとしました。けれども、顔をあげられません。なみだが止《と》まらないのです。

トリクシィとヴォルケも、どうしたらいいのかわかりませんでした。しばらくすると、リリの横《よこ》にすわっていたふたりの姿《すがた》が消《き》えました。それから、ドアがカチャッとしまる音がしました。リリはさらに深《ふか》く、枕《まくら》の中に顔をうずめました。

これでまたひとりぼっち。リリはそう思いました。

ところがそのとき、肩《かた》に手のぬくもりを感《かん》じました。ヴォルケがもどってきてくれたのでしょうか？　リリは顔をあげました。

ベッドの前の椅子《いす》に、イザヤがすわっています。

「トータルで見ますと、わたくしの使用人《しようにん》はあなたにプラスの効果《こうか》をもたらしているようですわね、スーゼウィンド嬢《じょう》」シュミット伯爵夫人《はくしゃくふじん》は喉《のど》を鳴《な》らし、満足《まんぞく》げにイザヤを見つめました。「きっと、じきになにもかもよくなりますわ」

ボンサイも安心《あんしん》したようです。「シュミちゃんのご主人《しゅじん》さまが、リリをちゃんともとにもどしてくれたよ」

その間に、トルーディは椅子《いす》の背《せ》もたれの上にもどり、なにやらつぶやいています。「きょうみたいな、とってもすてきな日には、冒険《ぼうけん》なんてしたくない。でも、きょうしなかったらもうしないかも。でも、もうしないのもよくないなあ」

イザヤはリリの顔を見て驚《おどろ》きました。そして、肩《かた》においた手をゆっくりと引《ひ》っこめると言いました。「トリクシィから聞いたよ。グロリアが言ったんだって？マイラとぼくがキスをしたって」

リリはあわてて体をおこしました。リリのほおは真《ま》っ赤《か》です。「ええ、グロリアはそう言ってた」リリは急《いそ》いで答えました。「でも、だから泣《な》いていたんじゃないのよ！　あなたは思いどおりのことをすればいいのよ。わたしは――」

「そんなこと、していないよ」イザヤは言いました。「それに、ぼくはマイラに対《たい》して、そんな特別《とくべつ》な感情《かんじょう》なんて持《も》ってないよ」

リリはイザヤをじっと見つめました。「ちがうの？」

「ちがうよ」イザヤは言い返《かえ》しました。「みんながそう思っているのは気づいていた。でも、それは真実《しんじつ》じゃない」イザヤは両手《りょうて》で黒髪《くろかみ》をなであげました。「きみにはマイラのことを話しておくべきだった。でもきみは、いつもなんとなく……いそがしそうだった。だから、ぼくのくだらない悩《なや》みを聞かせて、心配《しんぱい》かけたくなかったんだ」

「くだらない悩《なや》みってどんなこと？」リリは腕《うで》でなみだをふきました。

イザヤは少《すこ》しばかり迷《まよ》ってから答えました。「さみしかったんだ。パパとママに会えなくて」

リリは驚《おどろ》いてイザヤを見つめました。イザヤの両親《りょうしん》は何週間か前にブラジルに旅立《たびだ》ちました。けれども、それからイザヤは、さみしいなどと一言《ひとこと》ももらしたことがありませんでした。

イザヤは静《しず》かな声で話しつづけました。「前にも長く留守《るす》をしていたから、事情《じじょう》はわかっている。でも、今回《こんかい》は、電話《でんわ》もあまりかけてくれない。ぼくが元気かどうかなんて、関心《かんしん》がないんだよ」

そのことは、リリも気になっていました。イザヤの両親《りょうしん》は、あまり連絡《れんらく》をしてきません。それなのに、リリはどうしてイザヤの気持《きも》ちを聞いてあげなかったのでしょうか？　することがたくさんありすぎて、そこまで気がまわりませんでした。いつも、ほかのことのほうが重要《じゅうよう》だったのです。「気がつかなくて、ごめんなさい」リリは息《いき》をつまらせました。「わたし――」

「ちがうよ、いいんだよ！」イザヤは言いました。「きみは、ここのところ、ほんとうに考えなければならないことが山のようにあったんだ。動物園《どうぶつえん》の新しいペンギンのこととか、グリム司令官《しれいかん》のこととか、レポーターのこととか……。ぼくが自分《じぶん》で言わなければならなかったんだよ」

「ちがうわ。わたしのほうが気づいてあげなければならなかったのよ！」リリは胸《むね》がしめつけられて苦《くる》しくなりました。「それで、マイラに……相談《そうだん》してたのね？」

イザヤはうなずきました。「マイラはブラジル人だからね」

リリはくちびるをぎゅっと結《むす》びました。そんなつながりがあったとは！　どうしてすぐに気がつかなかったのでしょうか⁉　そうです、マイラはブラジル人です！

イザヤは話しつづけました。「マイラはブラジルのサンパウロでくらしていたことがあるんだ。今《いま》、ぼくのパパとママがいる街《まち》だよ。マイラには、その街《まち》のことを教えてもらっていたんだ。風景《ふうけい》とかそこでくらしている人のこととか、そのほかたくさんのことをね。マイラがサンパウロのことを話していると、パパとマ

マが近くにいるような気持《きも》ちになれる」イザヤは悲《かな》しそうに笑《わら》いました。

「もちろん、そんなことはばかげている。だけど、マイラがブラジルの話をしてくれると、なんとなく楽しい気分になるんだ。一度《ど》、ふたりで市場《いちば》通りにあるブラジル人のアイスパーラーに行ったんだよ。そのとき、マイラは店《みせ》の人と*ポルトガル語《ご》で話していた。それを見《み》て、パパとママがポルトガル語《ご》を話しているところを想像《そうぞう》してみたりしたんだ」イザヤはまたもや笑《わら》うと、目をそむけました。

「それって、ほんとうにばかみたい。でも……」

「ぜんぜん、ばかみたいなんかじゃない」

イザヤは深呼吸《しんこきゅう》しました。「でもね、マイラには話したことはないよ。パパとママがほとんど電話《でんわ》をしてくれないとか、見捨《みす》てられたような気がしているとか。そういうことは、マイラには話さない」イザヤは床《ゆか》を見ました。「そういうことは、きみにしか話せないよ」

リリは音をたててつばをのみこみました。「ごめんなさい。わたし……わたしまでであなたをほったらかしてしまって」

イザヤはリリにほほえみかけました。「いいんだよ。でも……前のように話せなくてさみしかった」

リリの目じりにまたもやなみだがたまってしまいました。

イザヤは自信《じしん》なさそうにリリを見つめました。「ぼくにもわからないや」

「あなたはわたしの親友《しんゆう》よ、イザヤ」リリは体をすべらせるようにベッドのふちにすわり、イザヤを引《ひ》き

＊ポルトガル語《ご》　ブラジルの公用《こうよう》語《ご》。

よせ、ぎゅっとだきしめました。グロリアとヴィクトリアのうそに引《ひ》っかかってしまった自分《じぶん》をとてもおろかに感《かん》じました。それに、イザヤがリリにうちあけてくれなかったのは、自分《じぶん》のせいだとも思いました。ここのところ、いつも自分《じぶん》の問題《もんだい》にふりまわされて、リリもうんざりしていました。けれども、それが原因《げんいん》で、リリは、リリとイザヤの友情《ゆうじょう》にまでえいきょうが出《で》るとは考えてもみませんでした！　リリは、イザヤの中でなにがおこっているのか、もっとよく知りたいと思いました。

「あなたは歌《うた》が苦手《にがて》だったのね？」リリはイザヤの体をはなし、たずねました。

「ほんとうに歌《うた》えないの？」トルーディはつぶやくのをやめて、大きな声で言いました。「それなら、この人のところには住《す》めない！」

リリは親《した》しみをこめてイザヤをひじでつきました。「できることが百万個《こ》あるのに、できないことが一つある。それって、どんな気分？」

「頭にくる」イザヤはにこっとしました。「ロックスターになりたかったのに」

それから、イザヤは声をあげて笑《わら》いました。リリもいっしょに笑《わら》いました。すると、窓台《まどだい》のサボテンに花が五つ咲《さ》きました。

「きのうの夜《よる》、あれからもう一度《ど》、森に行ったの」リリは語《かた》りました。

「なんだって？　勝手《かって》に行ってはいけないって、先生に言われたのに？」

「その……ここにはいたくなかったから。それに、トルーディに森の生活《せいかつ》のことを教えてあげたかったの」リリは、トルーディが空を飛《と》ぼうとして失敗《しっぱい》したことをイザヤに伝《つた》えました。そして、最後《さいご》に言いました。「そのあとで、柵《さく》のところへもう一度《ど》行ってみた。木が切られてしまう場所《ばしょ》に、ウフーニバルトの巣穴《すあな》があるの」

　イザヤはくちびるをかみました「なんてこった」

「そいつはまったくひどい」リリのとなりでボンサイが言いました。

「それでね、いいことを思いついたの」リリは満面《まんめん》に笑《え》みをたたえました。「わたしだって、たまにはいいことを思いつくのよ」

　イザヤはにやりと笑《わら》いました。「それはぐうぜんさ。だって、いつもはぼくの

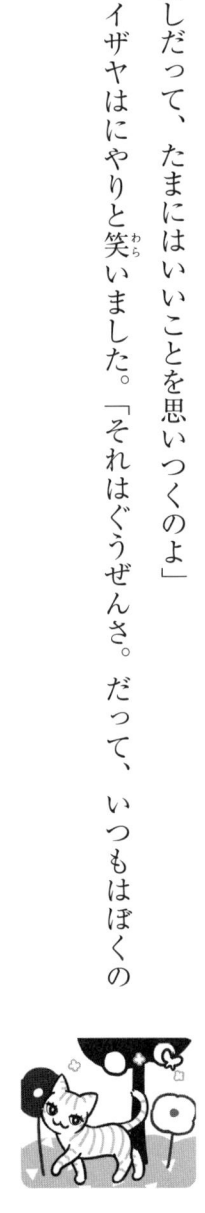

ほうがずっといいアイデアを出しているじゃないか！」

リリは笑《わら》いました。「そうね。たまたまよね」

「それで、どんなことを思いついたの？」

「何匹《なんびき》かのモグラたちに話して、お願《ねが》いしてきた」

そのとき、部屋《へや》のドアが開《ひら》きました。「リリ！」トリクシィとヴォルケがかけこんできました。「聞いて！」ヴォルケはリリの鼻先《はなさき》にスマートフォンをつきつけ、画面《がめん》をおしました。すると、音が流《なが》れ始《はじ》めました。

「ツップリンゲン、ローカルニュースの時間です」女性《じょせい》のアナウンサーが言いました。ラジオのニュースです！　リリはじっと耳をすましました。「けさ早く、ツップリンゲンの森で奇妙《きみょう》な現象《げんしょう》が確認《かくにん》されました」アナウンサーは言いました。「そのえいきょうで、ショッピングセンター建設予定地《けんせつよていち》の森の南部《なんぶ》において、本日予定《よてい》されていた森林伐採作業《しんりんばっさいさぎょう》は延期《えんき》されることになりました」

リリは息《いき》を止《と》めて聞き入っていました。

　ニュースはつづきます。「ブルドーザーでの作業《さぎょう》が開始《かいし》されると、まもなくすべての車両《しゃりょう》が地面《じめん》に陥没《かんぼつ》してしまいました。無尽《むじん》にほられたモグラのトンネルが原因《げんいん》と思《おも》われます。ブルドーザーは地面《じめん》にはまりこみ、ぬけだせなくなっています。ツップリンゲンにおけるモグラ問題《もんだい》はエスカレートしています。車両《しゃりょう》のさらなる損害《そんがい》の発生《はっせい》を防《ふせ》ぐためにも、問題《もんだい》の地域《ちいき》は早急《そうきゅう》に調査《ちょうさ》する必要《ひつよう》にせまられています。地面《じめん》に縦横無尽《じゅうおうむじん》にほられたモグラのトンネルは、建設計画《けんせつけいかく》に深刻《しんこく》なえいきょうをもたらしそうです。しかし、このプロジェクトをひきいるマリウス・シュヴァルツシュテンゲル氏《し》によれば、ロードローラーで地面《じめん》をおしつぶして平《たい》らにならすことで、ブルドーザーはじきに運転《うんてん》を再開《さいかい》できるということです。工事《こうじ》はまもなく再開《さいかい》される見通しです」

　リリはきんちょうし、両手《りょうて》の指《ゆび》をからませ、それから、ぎこちなく開《ひら》きました。リリの計画《けいかく》は、とりあえずうまくいったようです！　モグラたちはブルドーザーを阻止《そし》しました。けれども、これは、時間かせぎにすぎません。かんじんな問題《もんだい》

は、まったく解決《かいけつ》していません。

「モグラがやったの？　でも、モグラはとても小さな動物《どうぶつ》じゃない！」ヴォルケは言いました。「あんなに大きなブルドーザーを止《と》めるには、がむしゃらにほりまくらなければならないわ」

リリは確信《かくしん》しています。きのうの夜《よる》、森の近くのすべてのモグラが呼《よ》び集《あつ》められ、広い草原《そうげん》を一晩《ばん》かけてほりかえし、スイスチーズのように穴《あな》ぼこだらけにしてしまったのです。

「モグラにはひどく骨《ほね》の折《お》れる仕事《しごと》だっただろうなあ」トリクシィはリリをじっと見つめて言いました。「よりによって、どうしてあの場所《ばしょ》を選《えら》んだのかなあ？　どうしてあんなふうにほりまくってやろうだなんて考えたんだろう」

リリは肩《かた》をすぼめて、なに食《く》わぬ顔をしました。

すると、トリクシィはうなずきました。「やっぱり！　そうだと思った」

上の部分《ぶぶん》がななめに開《ひら》いた窓《まど》から、とつぜん、男の人の大きな声が聞こえてきました。「出ていけ！」管理人《かんりにん》のユップです。「ここでは写真《しゃしん》を撮《と》るな！」

「きっとまた、レポーターたちが合宿所《がっしゅくじょ》の前にいるんだよ」イザヤは言いました。

そのとき、中年《ちゅうねん》の男の大きな声が聞こえてきました。「リリアーネ！　モグラに対《たい》してなにか手をうってくれないか⁉　連中《れんちゅう》はひじょうにやっかいだ！」

リリはつばをのみこみました。リリにいったいなにを期待《きたい》しているのでしょうか？

イザヤは、ぽいと物《もの》を投《な》げすてるように手首《てくび》をふりました。「レポーターたちのことはほうっておけばいいよ。連中《れんちゅう》には、モグラがどれほど役立《やくだ》つ動物《どうぶつ》か、わかりやしないさ」イザヤはにやりと笑《わら》いました。「それよりも、森のようすを見に行かない？」

リリはすぐに飛《と》びおきました。「ええ、行きましょう！」

ヴォルケは時計《とけい》を見ました。「お城見学《しろけんがく》の集合《しゅうごう》時間までには、まだ四十五分《ふん》あるわ」

「それだけあればじゅうぶんだね」イザヤは言いました。「みんなで行こうよ」イザヤは目をかがやかせて、ひとりひとりの顔を見ました。

「賛成《さんせい》」トリクシィは言いました。

ヴォルケもほとんど同時《どうじ》にさけびました。「もちろん、わたしも行く！」

「あなたたちも森へ行く？」リリはボンサイとシュミット伯爵夫人《はくしゃくふじん》とトルーディにたずねました。

ボンサイはぴょんと真上《まうえ》に飛《と》びあがりました。「やりい！」

シュミット伯爵夫人《はくしゃくふじん》はもったいぶったように立ちあがり、ゆっくりと体をのばしながら言いました。「まあ、いいでしょう。つきそってさしあげます」

トルーディは興奮《こうふん》し、羽をバタバタさせています。「冒険《ぼうけん》するの？　あたし、冒険《ぼうけん》したい！」

リリは驚《おどろ》いて、小さなフクロウを見つめました。「いったいどうしたの？」

トルーディは首《くび》をくるりとまわしました。「夢《ゆめ》があるの！」

「どんな夢《ゆめ》？」

「夢《ゆめ》を見たの。あたしがワシで、ウフーニバルトはカモだった。ウフーニバルトはあたしにとっても感心《かんしん》していたの」

リリは笑《わら》いました。「それで、考えが変《か》わったのね？　だから、森へ行きたくなったのね？」

「あたし、英雄《えいゆう》になりたい！」トルーディはかん高い声で言いました。

リリは笑《わら》いました。

「それでは、出発《しゅっぱつ》」

広い野原《のはら》

リリ、イザヤ、トリクシイ、ヴォルケ、シュミット伯爵夫人《はくしゃくふじん》、それにボンサイ。みんないっしょに森に向《む》けて出発《しゅっぱつ》しました。トルーディはリリのショルダーバッグの中にいます。みんなは合宿所《がっしゅくじょ》の裏口《うらぐち》をこっそり出ると、だれにも見られないよう、森へ歩いていきました。せっせと歩き、ほどなくすると、広い野原《のはら》にやってきました。遠くのほうから大きな声が聞こえてきます。イザヤは、茂《しげ》みにかくれるよう、みんなに合図《あいず》しました。リリは茂《しげ》みのかげにしゃがみ、枝《えだ》の間からようすをうかがいました。広い野原《のはら》には、いくつものブルドーザーがくぼみに落《お》ちていますす。そのほとんどが、深《ふか》くはまりこんでいます。リリはモグラの穴《あな》ほり技《ぎ》術《じゅつ》にひたすら感心《かんしん》しました。けれども、ブルドーザーを引《ひ》きあげる作業《さぎょう》もそれなりに進《すす》んでいるようです。この調子《ちょうし》では、すべての車両《しゃりょう》を引《ひ》きあげるのに、それほど時間はかからないでしょう。

「ほら、向《む》こう」リリの横《よこ》でひざまずいていたイザヤが野原《のはら》のはしを指《ゆび》さし、小《こ》声《ごえ》で言いました。そこには巨大《きょだい》なロードローラーがあります。リリはふるえました。「あんなもので地面《じめん》をおしつぶしたら、モグラたちが通れなくなってしまうよ」イザヤは首《くび》をふりました。

「あそこのメット野郎《やろう》はなにをしているんだ?」ボンサイはヘルメットをかぶった作業員《さぎょういん》を見ながらウォッとほえました。「はげしい音をたててるぞ!」

とつぜん、トルーディがみんなの横《よこ》にやってきました。「ただいま」小さなフクロウは高い声で鳴《な》きました。

リリは驚《おどろ》きました。「どこへ行ってたの?」リリは、トルーディがバッグからぬけだしたのに、まったく気づいていませんでした!

「ウフーニバルトが枝《えだ》にすわって、やさしい目であたしを見ていたの。思わずそばに行きたくなっちゃった。とっても親切《しんせつ》。だから考えてみた。今《いま》しなければ、もうやらない! 冒険《ぼうけん》をするのを自分《じぶん》にゆるしてあげないと、冒険《ぼうけん》は経験《けいけん》できな

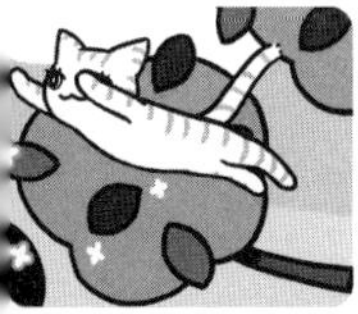

いからね」

「そのとおりよ。それで、ウフーニバルトのところへ飛《と》んでいったの？」リリは驚《おどろ》きました。

「ぴょんぴょん地面《じめん》をはねていった。一度《ど》に挑戦《ちょうせん》しすぎないほうがいいと思って」

小さな声で話すよう、イザヤが合図《あいず》しました。

リリは声をひそめ、小さなフクロウにたずねました。「それで、ウフーニバルトとなにをしたの？」

「ふたりでおどっていらしたわ」シュミット伯爵夫人《はくしゃくふじん》が言いました。猫《ねこ》は、トルーディがみんなからはなれていくのを知っていたのに、あえてリリには知らせませんでした。なぜなら、その必要《ひつよう》はないだろうと判断《はんだん》したからです。

「ウフーニバルトと土の上でぴょんぴょんはねた」トルーディはうれしそうに語《かた》りました。「ただぴょんぴょんしているだけでも、とっても楽しいって言ってくれた。それに、ほんとうに楽しかった。ほんとうに、ほんとうに楽しかった。落《お》ち葉《ば》がカサカサすてきな音をたててた。とってもすてき！　はあ」

　そのときリリは、鳥《とり》が地面《じめん》にいるのはとても危険《きけん》であることを、トルーディには言わないほうがいいと考《かんが》えました。それに、経験豊富《けいけんほうふ》なワシミミズクがそばにいれば、トルーディに危険《きけん》がせまっても助《たす》けてくれるだろうと、信《しん》じていました。

「それからどうしたの？」

「ウフーニバルトが話してくれた。森にはめちゃくちゃ楽しいことがたくさんあるって。たとえば鹿《しか》をおどかすこと！　それ、とっても楽しそう。でもね、上手《じょうず》に飛《と》べないと、その遊《あそ》びはできないんですって。木のほら穴《あな》のこともいっぱい話してくれた。ぬくぬくしていてとっても気持《きも》ちがよくて、きれいな夜明《よあ》けの風景《ふうけい》が見えるんですって。だから、あたしは言ったの。一晩《ばん》ほら穴《あな》に泊《と》まってみて、ほんとうにそんなにすてきなところか確《たし》かめてみたいって。ようすを見てから、森がほんとうに楽しいところか決《き》めることにした。森でのくらしをどんなふうに感《かん》じるか、わかるようにね。そうよね？」

リリはまゆ毛を高くあげました。「ウフーニバルトのほら穴《あな》に泊《と》まるの？」

何メートルかはなれた茂《しげ》みのかげで、ヴォルケのとなりにしゃがんでいたトリクシィが、くちびるに人さし指《ゆび》を当てました。

リリはすまなそうにうなずきました。みんながかくれている場所《ばしょ》からそれほどはなれていないところに、何人かの作業員《さぎょういん》がいます。

イザヤがたずねました。「トルーディはウフーニバルトの巣穴《すあな》に泊《と》まるつもりなの？」

「そうなの！」リリはこそこそ言いました。「それってすごくない？　きっと、野生《やせい》のくらしが、それほどいやではなくなってきたのよ」

「いやではなくなってきた。だけど、ちゃんと確《たし》かめてから決《き》める」トルーディは条件《じょうけん》をつけました。「すべてはそれから。答えが出たら、先のことを考える」

イザヤは首《くび》をふりました。「そうはいかないよ。ウフーニバルトの巣穴《すあな》のある木はじきに切られてしまうんだよ」

リリはぎくりとしました。「しまった！」リリは工事《こうじ》のことをわすれかけていました。「どうしよう！」トルーディがせっかく森のくらしに興味《きょうみ》を示《しめ》してくれたというのに、こんどは芽生《めば》えた好奇心《こうきしん》をつみとることになってしまったのです。思いきって、一晩《ばん》だけワシミミズクの巣穴《すあな》に泊《と》まらせてあげたほうがいいのでしょうか？　ブルドーザーはいつから動《うご》きだすのでしょうか？

イザヤはリリの考えていることを読みとったように、小さな声で言いました。

「それは危険《きけん》すぎる。巣穴《すあな》は危険地帯《きけんちたい》のど真《ま》ん中《なか》だ。トルーディの身《み》に災難《さいなん》がふりかかるかもしれない！　なにかおこっても、トルーディは飛《と》べないから逃《に》げられないんだよ」

イザヤの言うことはもっともです。どんなことがあろうと、トルーディを危険《きけん》にさらすわけにはいきません。リリはだまりこくって考えていました。ブルドーザーが乗《の》りこんでくれば、ウフーニバルトだって困《こま》ります。遠くへ飛《と》んで逃《に》げられはするものの、自分《じぶん》の家《いえ》と生活《せいかつ》の場《ば》を失《うしな》ってしまうのです。たくさんのほかの

動物《どうぶつ》たちにも同じことが言えます。

「それでは、ウフーニバルトのところへぴょんぴょんもどって……」トルーディはそこで言葉《ことば》を止《と》めました。「でも、どうやってウフーニバルトのうちへ登《のぼ》ればいいのかな？」

「トルーディ、あなたには気の毒《どく》だけど……」リリは言いました。「ウフーニバルトのところへは行かないで。あなたにとって、あそこは危険《きけん》すぎるの。ウフーニバルトのほら穴《あな》は、あした、なくなってしまうかもしれないのよ」

「あしたになったらなくなっちゃうの？」トルーディは目を見開《みひら》きました。

「それはひどい。とってもひどい」

まったくそのとおりです。あってはならないことです。

トルーディはしょんぼりしています。「それなら、もうどうでもいいや」フクロウは高い声で鳴《な》くと、小さな頭を深《ふか》い落《お》ち葉《ば》の中にうずめました。おしりだけがつきでています。リリはこれを見て、笑《わら》いそうになりました。

「そんなに落《お》ちこまなくてもいいのにね」イザヤはかすかな笑《え》みをうかべて言いました。

リリはトルーディのおしりに向《む》かって言いました。「さあ、バッグの中に入って」

トルーディは落《お》ち葉《ば》の中から頭を出すと、ため息《いき》をつきました。そして、リリのバッグの中に飛《と》びこみました。

「冒険《ぼうけん》を体験《たいけん》しようとしたら、こんどは、してはいけないだなんて！」フクロウはぶつぶつ言いました。「それならあたしは、冒険《ぼうけん》をどんなふうに感《かん》じ

るか、冒険《ぼうけん》がいいことなのか悪《わる》いことなのか、どうやって知ればいいの？」

これも、まったくトルーディの言うとおりです。それに、リリはウフーニバルトもバッグの中に入れて、ここからできるだけはなれた安全《あんぜん》な場所《ばしょ》へ連《つ》れていってあげたいと思いました。親切《しんせつ》なアカゲラも、きのう出会ったばかりのカッコウも、ここでくらしているほかの動物《どうぶつ》たちをみんないっしょに連《つ》れて！

リリは晴れない気持《きも》ちで立ちあがり、小声《こごえ》で言いました。「もどりましょう」まもなくお城見学《しろけんがく》の集合《しゅうごう》時間です。

シュミット伯爵夫人《はくしゃくふじん》はゆっくりと立ちあがりました。「運動《うんどう》のしすぎは、健康《けんこう》によくありませんわ。ご存《ぞん》じでした、スーゼウィンド嬢《じょう》？」

リリは返事《へんじ》をせずに、深《ふか》く考えながら、だまって一番《ばん》うしろを歩きました。

それからまもなく、みんなはやっかいな場所《ばしょ》を通りすぎようとしていました。ほんの数メートルほどしかはなれていないところに、作業員《さぎょういん》がいます。ふたりの男の人の話し声が聞こえます。

「シュヴァルツシュテンゲルさん、はじめからもう一度《ど》きちんと準備《じゅんび》をさせてください」赤いヘルメットをかぶった男の人が言いました。「われわれのチームをこんな危険《きけん》な場所《ばしょ》で働《はたら》かせるわけにはいきません！」

シュヴァルツシュテンゲル氏《し》は暗《くら》い目つきの男の人です。「工事《こうじ》が長引《ながび》けば、それだけ費用《ひよう》もかさむ」シュヴァルツシュテンゲル氏《し》は冷《ひ》ややかに言い返《かえ》しました。「あしたには作業《さぎょう》を始《はじ》めるように。むりなら、この仕事《しごと》はほかの会社《かいしゃ》にまわす」

リリはラジオのニュースを思いだしました。この工事《こうじ》の責任者《せきにんしゃ》はシュヴァルツシュテンゲルという人です。目の前にいる人が、森の伐採計画《ばっさいけいかく》の責任者《せきにんしゃ》です。

「わかりましたよ」ほかの男の人が肩《かた》をすくめて答えました。「あしたには、できるだけたくさんの木をたおすようにします」

「そらみろ、やればできるじゃないか」シュヴァルツシュテンゲル氏《し》は低《ひく》い声でうなりました。きっと笑《わら》っていたのでしょう。

ヴォルケは神経質《しんけいしつ》に腕時計《うでどけい》を指《ゆび》でつついて、時間がせまっていることを知らせ

ました。急《いそ》いで合宿所《がっしゅくじょ》へもどらなければなりません。

リリはとぼとぼと、みんなのあとをついていきました。もう決《き》まったことなのです。あしたには、森の半分の木が切られてしまいます。奇跡《きせき》でもおこらないかぎり……。


一時間後《ご》、みんなは中世《ちゅうせい》の城《しろ》を見学《けんがく》していました。そのときリリは、まだ森のことを考えつづけていました。「ねえ、お願《ねが》い！」リリはずらりと並《なら》んだ古《ふる》い騎《き》士《し》の具足《ぐそく》の前を、足を引《ひ》きずるように歩きながら、イザヤに小声《こごえ》で言いました。

「なにかいい方法《ほうほう》を考えてよ！」

「そんなにしつこくさいそくされなければ、早く思いつくんだけどなあ」イザヤは言い返《かえ》しました。

リリはくちびるを内側《うちがわ》に丸めこんで、ぎゅっととじました。リリは、ツップリンゲン城《じょう》への遠足《えんそく》の間、森林伐採《しんりんばっさい》を阻止《そし》するアイデアをすぐに出すよう、なんどもイザヤをせっついていたのです。リリは絶望《ぜつぼう》していました。それに、自分《じぶん》になにができるか、まったく考えがうかびませんでした。

生徒《せいと》たちは城《しろ》の寝室《しんしつ》の前で立ち止《ど》まりました。そこで、イザヤの担任《たんにん》、ミス・メロディが中をのぞきこんで言いました。「ここは、城主夫妻《じょうしゅふさい》の寝室《しんしつ》です。当時《とうじ》の人々は体が小さかったので、ベッドもとても短《みじか》いのです！」

リリは小さなベッドを観察《かんさつ》しました。子ども用《よう》のベッドみたいです。けれども、今《いま》のリリには、中世《ちゅうせい》の城主《じょうしゅ》のことなど、どうでもよいことでした。

そのとき、とつぜん、イザヤがはげしくあえぎました。「わかった！」そして、ぴたりと立ち止《ど》まりました。「これだよ！」

イザヤがなにを思いついたのかまだ聞いていないというのに、リリの気分は、胸《むね》の上の大きな石がとりのぞかれたように、軽《かる》くなりました。イザヤのアイデアは、いつものように天才的《てんさいてき》ですばらしいと信《しん》じていたからです。

「なんなの？」ほかの生徒《せいと》たちが*謁見《えっけん》の間《ま》に向《む》かって進《すす》んでいく中、リリは興奮《こうふん》

*謁見《えっけん》の間《ま》　身分《みぶん》の高《たか》い人や目上の人に会うための部屋《へや》。

しながら、こそこそとたずねました。

「リリ、きみがレポーターと話せばいいんだよ」イザヤは言いました。

リリは驚《おどろ》きのあまり口をきけずに、イザヤをじっと見つめました。

「マスコミを利用《りよう》するんだ」イザヤは説明《せつめい》しました。「あの人たちに森林伐採《しんりんばっさい》のことを伝《つた》えるんだよ」

「イザヤ、なんてことを言うの？」リリは思わず言いました。「あの人たちとは、ぜったいに口をきかない！」

イザヤはそのまま話しつづけました。「レポーターたちは、きみが学校へ行くところとかそんなことではなく、もっと話題《わだい》になるようなネタをさがしているんだよ。だから何か月もああやって待《ま》ちつづけているんだ。きみがあの人たちに話しかければ、どんな内容《ないよう》であろうが、テレビで放送《ほうそう》してもらえる。それに、新聞《しんぶん》にもインターネットにも掲載《けいさい》される」

リリの体は熱《あつ》さと寒《さむ》さに同時《どうじ》におそわれました。「いや！」

「よく考えてみてよ」イザヤは夢中《むちゅう》になってリリを説得《せっとく》しました。「きみには、何十万という人の注意《ちゅうい》を森林伐採《しんりんばっさい》に向《む》けることができるんだ。森の動物《どうぶつ》たちが住《す》みかを失《うしな》うことをどれほど心配《しんぱい》しているか、きみがカメラに向《む》かってうったえれば、たいくつなニュースなんかより、はるかに多くの人々が感動《かんどう》するにちがいない」

自分《じぶん》がカメラに向《む》かって話している姿《すがた》を想像《そうぞう》するだけでも、ぞっとします。

「わたしにはできない！」

イザヤはリリの両手《りょうて》をとり、じっと目の中を見つめました。「リリ、森の木々と動物《どうぶつ》たちを救《すく》いたかったんじゃないの？」

リリは目をそらしました。

「わかるよ。きみにとってそれほどかんたんなことではないって。だけど、こうすることで、ほんとうになにかをおこすことができるんだ。きみには、反対行動《はんたいこうどう》をおこすよう、人々に呼《よ》びかけることができる」

「反対行動《はんたいこうどう》ってどんなこと？」

イザヤはちらりと宙《ちゅう》を見上げました。頭をフル回転《かいてん》させています。「人間《にんげん》の鎖《くさり》を作《つく》るんだよ！」

リリはわけがわからずイザヤを見つめました。

「なにかを守《まも》るために、大勢《おおぜい》の人が手をつないで鎖《くさり》を作《つく》るんだよ。たとえば森の前に立って木を守《まも》る」

リリは〝人間《にんげん》の鎖《くさり》〟という言葉《ことば》を聞いたことがありませんでした。そこで、森の中で人が鎖《くさり》を作《つく》っている場面《ばめん》を想像《そうぞう》してみました。広い野原《のはら》に、たくさんの人たちが壁《かべ》のように立ちはだかり、ブルドーザーを止《と》めています。リリはその光景《こうけい》を思いうかべると、ぞくぞくしてきました。

「目がきらきら光ってる」イザヤは言いました。

「でも……」

「でもじゃないよ！」イザヤはきびしい口調《くちょう》で言いました。「みんなの前で話すというきみ自身《じしん》の問題《もんだい》なんかより、動物《どうぶつ》や森のことのほうがはるかに重要《じゅうよう》じゃないか！」

リリはつばをのみこみました。「もし、一言《ひとこと》もしゃべれなかったらどうする？」

「そんなことにはならない」イザヤはリリの手をにぎりました。「きみにはそれができる」イザヤはもう一度《ど》、リリの手をぎゅっとにぎりしめました。「きみにはできるって！」

リリのひざがふるえだしました。これは、とても大きな冒険《ぼうけん》です。それも、とてつもなく大きな冒険《ぼうけん》です。

「きみを信《しん》じているよ」イザヤは強《つよ》くうったえかけました。「ぼくはばかじゃない」イザヤはにやりと笑《わら》いました。「うまくいかないってわかっているなら、こんなことは提案《ていあん》しないさ」

リリはおずおずとほほえみ、言いました。「わかった。やってみるわ」

勇気《ゆうき》

その日の午後《ごご》、生徒《せいと》たちは中世《ちゅうせい》の城《しろ》の見学《けんがく》をおえ、合宿所《がっしゅくじょ》へもどっていました。みんなは大さわぎです。リリはギュムニヒ先生に、森林伐採《しんりんばっさい》を阻止《そし》するための計画《けいかく》を伝《つた》えました。先生はすっかり感動《かんどう》し、テレビ局《きょく》に連絡《れんらく》して取材《しゅざい》チームをここへ招待《しょうたい》しようと提案《ていあん》してくれました。

そして今《いま》、生徒《せいと》たちは玄関《げんかん》ホールに集《あつ》まりそわそわしています。リリの気が散《ち》らないように、ボンサイとシュミット伯爵夫人《はくしゃくふじん》は部屋《へや》にいました。連《つ》れていってほしいとせがまれたために、トルーディだけはいっしょにいますが、今《いま》はリリのショルダーバッグの中で眠《ねむ》っています。

「みんな聞いてくれ！」ギュムニヒ先生は大声をあげ、手をたたきました。「もうじきテレビ局《きょく》の取材《しゅざい》チームが到着《とうちゃく》します。その前に、いくつか決《き》めておかなければならないことがあります。インタビューのときにはリリがカメラの前に立ちます。それと、うしろにも何人か立ってもらいます。いっしょにテレビにうつりたい人はいますか?」

先生がたずねるやいなや、たくさんの声がさけびました。「はい！　はい！　はい！」みんな、夢中《むちゅう》になって手をふっています。テレビにうつりたくてたまらないのです。リリよりもさらに内気《うちき》なヴォルケでさえも、手をあげています。

リリはきんちょうし、くせのある髪《かみ》を人さし指《ゆび》に巻《ま》きつけました。どの生徒《せいと》もテレビにうつりたがっています。こんなことなら、自分《じぶん》の代《か》わりにだれかほかの人が話せばいいのに、と思いました。リリは、テレビカメラの前でなんて話したくありません。けれども、わかっていました。これは、自分《じぶん》でなければできないことなのだと。

ギュムニヒ先生はリリに向《む》き直《なお》って言いました。「リリ、いっしょに入ってもらいたい人を選《えら》びなさい。画面《がめん》には五名くらいうつるそうだ」

リリは頭をかきました。「イザヤ」リリが指名《しめい》すると、イザヤはうなずきまし

た。「ヴォルケ、トリクシィ、ソニヤ」リリは仲間《なかま》の名前をあげていきました。みんなは選《えら》ばれてとてもうれしそうです。

「いいぞ。あともうひとり」ギュムニヒ先生は言いました。

リリはよく考えてから答えました。「グロリア」

グロリアはひどく驚《おどろ》いています。「わたしが?」

ギュムニヒ先生も、リリがグロリアの名前をあげたので、びっくりしています。先生は、リリがグロリアに罪《つみ》ほろぼしをしようとしているのを知りません。グロリアがいくら意地悪《いじわる》であろうと、このままほうっておくことはできません。グロリアが足をくじいてしまったのは自分《じぶん》のせいです。リリには、そんな罪《つみ》の意識《いしき》があったのです。それに、リリが注目《ちゅうもく》を集《あつ》めているときに、その一部《ぶ》にグロリアも参加《さんか》できれば、文句《もんく》も言えなくなるでしょう。「そうよ、グロリア、あなたよ」リリははっきりと言いました。

まもなく、取材《しゅざい》チームがやってきました。ロジャー・ロックスという名の親切《しんせつ》そうなレポーターがリリとあく手をしました。それから、リリに会えてとてもうれしい、質問《しつもん》したいことが少《すく》なくとも百はある、と言いました。そこでイザヤはおとなびた態度《たいど》で、ロックスさんに伝《つた》えました。リリは質問《しつもん》に答えるのではなく、伝《つた》えたいことがあるのだ、と。ロックスさんは驚《おどろ》いていました。けれどもとても興味深《きょうみぶか》そうにしています。

「インタビューは外でやりましょう」ロックスさんは提案《ていあん》しました。「ぼくらは自然《しぜん》の中にいるという設定《せってい》がいい。理想的《りそうてき》な背景《はいけい》だと思いますよ」

リリは賛成《さんせい》しようとしました。けれども、喉《のど》からは、かさついた音しか出てきません。胸《むね》がドキドキし、心臓《しんぞう》が口から飛《と》びだしそうです。このままではみんなの笑《わら》い者《もの》になってしまいます。そんなことになったら、どうすればいいのでしょうか？

合宿所《がっしゅくじょ》の裏《うら》にあるグラウンドの横《よこ》を通りすぎたときには、リリは手足の感覚《かんかく》を失《うしな》っていました。全身《ぜんしん》がしびれるような感《かん》じがし、頭の中では、なにもかもがぐ

るぐるまわっていました。気が遠くなりそうです。

「深呼吸《しんこきゅう》するんだ、リリ」イザヤが耳うちしました。「ぼくがそばについている よ」

リリはゆっくりと呼吸《こきゅう》することに集中《しゅうちゅう》しました。けれども、呼吸《こきゅう》はみだれ、速《はや》くなってしまいます。

「向《む》こうの森のはずれにしましょう!」ロックスさんは大きな声で言いました。

「あそこでインタビューをしましょう!」

みんなは森の入り口まで歩いていくと、それぞれの場所《ばしょ》に立ちました。リリが前に、イザヤ、トリクシィ、ヴォルケ、ソニヤ、それに急《きゅう》にすたすた歩きだしたグロリアがうしろに立ちました。

取材《しゅざい》チームはいくつかの照明《しょうめい》をつけ、音声《おんせい》をテストしました。そして、インタビューが始《はじ》まりました。

リリには、耳の中で血液《けつえき》の流《なが》れる音が聞こえました。滝《たき》のようにザーザーと轟《ごう》音《おん》をたてています。舌《した》とくちびるはなにも感《かん》じません。こんなことでは一言《ひとこと》もしゃべれない、と思いました。

「リリ、息《いき》をするんだ」イザヤがもう一度《ど》ささやきました。どうやって⁉　リリは教えてほしいと思いました。リリはふつうに息《いき》ができなくなっています！　それに、声も出ません！　今《いま》すぐ、すべてをやめてほしいと思いました。

そのとき、ヴォルケがリリのそばに来《き》て、小さな声で言いました。「失敗《しっぱい》してもだいじょうぶ。撮《と》り直《なお》せばいいんだから。生中継《なまちゅうけい》じゃないのよ」

リリは目を見開《みひら》きました。そうです。うまくできなければ、はじめからやり直《なお》せます！　そう考えると、とても安心《あんしん》できました。「ありがとう、ヴォルケ」リリはささやきました。

ヴォルケはほほえみました。

そこで、ロックスさんは、みんなに静《しず》かにするよう、呼《よ》びかけました。

「シーン一、森の入り口」取材《しゅざい》チームのひとりが言いました。

リリはロックスさんの目を見ようとしました。けれども、うまくいきません。そこで、ロックスさんがたずねました。「リリアーネ、あなたの能力《のうりょく》に引《ひ》きつけられて、もっとそのことについて知りたがっている人がたくさんいます。自分《じぶん》の能力《のうりょく》のことでなにか話してもらえますか？　いつから動物《どうぶつ》の言葉《ことば》がわかるんですか？」

リリは指先《ゆびさき》を見つめました。どうしてこんな質問《しつもん》をするのでしょうか？

「リリ、よけいなことは考えるな」イザヤがリリに言いました。

「そのまま話せばいいの。話したいことを」トリクシィがささやきました。

「カット！」ロックスさんはさけび、そこで撮影《さつえい》が中断《ちゅうだん》されました。「うしろのみんなは静《しず》かにしてて、いいね？」

「静《しず》かにしています。リリが好《す》きなように話せるんでしたら」イザヤはケチをつけました。

ロックスさんは腹立《はらだ》たしげにイザヤを見ました。「それじゃあ、もう一度《ど》はじめから」ロックスさんはそう言うと、撮影《さつえい》チームに合図《あいず》しました。「リリアーネ、きょうは、わたしたちをここへ呼《よ》んでくれたわけですが、伝《つた》えたいことがあるのですよね？」

リリは指先《ゆびさき》をじっと見つめました。口の中がかわいてかさかさです。それに、手足もしびれ、冷《つめ》たく感《かん》じられます。

「はい」リリはか細い声で返事《へんじ》をしました。

「どんなことですか？」ロックスさんはたずねました。

「木を切るんです。えっと、その、木の伐採《ばっさい》。そう、ツップリンゲンの森の伐採《ばっさい》のことです」リリはなんども言いまちがえて、はげしく首《くび》をふりながら言い直《なお》しました。

「カット！」ロックスさんがまたもやさけびました。「落《お》ちついて、リリアーネ。好《す》きなように話せばいいんだよ」

リリはふり返《かえ》りました。イザヤがウィンクしました。インタビューを楽しんでとうったえているようです。ソニヤは親指《おやゆび》を立てて、だいじょうぶ、と応援《おうえん》しています。ヴォルケとトリクシィはうなずいてはげましています。リリはみんなの顔を順番《じゅんばん》に見ました。するととつぜん、勇気《ゆうき》がわいてきました。グロリアは目をそむけました。けれども、リリの中で、背中《せなか》を受《う》けとめてもらえるような、安心《あんしん》感《かん》が生まれました。リリのうしろにいる人たちで作《つく》った安全《あんぜん》ネットです。すると、リリの手や足に感覚《かんかく》がもどってきました。

ロックスさんはインタビューを再開《さいかい》しました。「リリアーネ、きょうはどんなことを話してくれますか?」

リリは目をあげて、ロックスさんをしっかり見つめました。「ツップリンゲンの森の伐採《ばっさい》についてです」リリは少《すこ》しばかりふるえる声で言いました。「ショッピングセンター建設《けんせつ》のために、森の一部《ぶ》がなくなってしまうと聞きました。けれども、ツップリンゲンにはショッピングセンターがすでに二つもあります」リリは言いたいことを前もって考えていました。ですから、言い残《のこ》すことなくすべてを無事《ぶじ》に話しおえることができました。けれども、暗記《あんき》したことをそのまま棒読《ぼうよ》みにしているように聞こえました。

ロックスさんはうなずきながら聞いていました。「なるほど、興味深《きょうみぶか》いテーマ

「その、建設計画《けんせつけいかく》を……」リリはぎゅっと目をつぶりました。「わたしたちで、止《と》めなければならないのです！」

ロックスさんはさけびました。「カット！」それからロックスさんはリリに一歩《ぽ》近づきました。「これはとてもすばらしいメッセージだよ、リリアーネ。ほんとうにすばらしい。けれども、人々《ひとびと》を動《うご》かそうとするなら、自分《じぶん》の心《こころ》で感《かん》じていることを話さなければだめだ。自分《じぶん》の言葉《ことば》で話さないと、だれも感動《かんどう》しないよ。わかるかな？」

リリはまゆをひそめました。リリには、〝自分《じぶん》の言葉《ことば》で話さないと、人が感動《かんどう》しない〟の意味《いみ》がわかりませんでした。けれども、そのとき、イザヤに言われたことを思いだしました。ラジオニュースのようなたいくつなしゃべり方《かた》をしてはいけないのです。けれども、どうすればうまく話せるでしょうか？

「もう一度《ど》やってみよう」ロックスさんは言いました。すると、カメラが動《うご》きだし、ロックスさんがリリにたずねました。「リリアーネ、みんなに伝《つた》えたいこととはなんですか？」

リリはロックスさんをじっと見つめました。とつぜん、頭の中が真《ま》っ白《しろ》になってしまいました。「えっと……」リリはしめつけられるような声をあげました。

ロックスさんはまゆ毛を高くあげました。リリははずかしくなり、顔がかっと熱《あつ》くなりました

そのとき、かん高い声が聞こえてきました。「リリ、プリン食べたい」それと同時《どうじ》に、トルーディの羽毛《うもう》におおわれた顔がショルダーバッグからあらわれました。

ロックスさんの目が大きく広がりました。「これはだれですか？」ロックスさんはたずねると、リリのバッグをアップで撮《と》るよう、カメラマンに合図《あいず》しました。

「キンメフクロウのトルーディです」リリはぼうぜんとしながら説明《せつめい》しました。小さなフクロウは眠《ねむ》っていると思っていたからです。「このフクロウは、これま

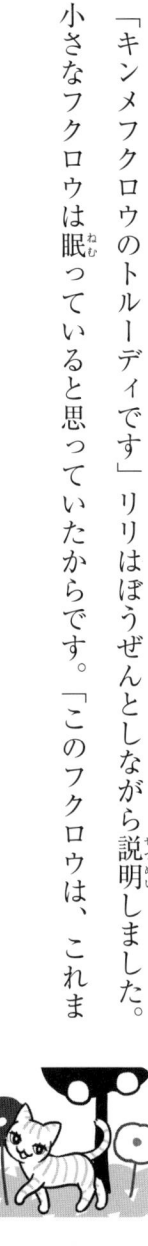

で家《いえ》の中で飼《か》われていました。それはとてもいけないことです！」リリはそのとき、自分《じぶん》がふつうに話せるようになっているのに気がつきました。「この子のために、新しい家《いえ》を森の中でさがしています。けれども、わたしはこの子のことを心配《しんぱい》しています。なぜなら、今《いま》の森は安全《あんぜん》ではないからです」

「どうして安全《あんぜん》ではないのですか？」

「それは、ツップリンゲンの森の木が切られてしまうからです！」リリは大きな声で言い、すべてを説明《せつめい》しました。リリはトルーディの体をなで、小さなフクロウを心《こころ》から心配《しんぱい》しながら話しました。「森に動物《どうぶつ》たちが住《す》めなくなってしまったら、みんなはどこへ行けばいいのでしょうか？」

　そこでトルーディはバッグの中から出てきて、リリの肩《かた》に飛《と》びのりました。「この中のだれか、プリン持《も》ってるかなあ、リリ？」フクロウはロックスさんやテレビ局《きょく》の人たちを見わたしながらたずねました。

「持《も》っていないと思うわ」

ロックスさんはびっくり仰天《ぎょうてん》しています。「今《いま》、フクロウと話したんですか？」

リリはうなずきました。

「フクロウは、自分《じぶん》のおかれた状況《じょうきょう》をどう思っているのでしょうか？」ロックスさんはすっかり夢中《むちゅう》です。「木が切りたおされてしまうことについて、どう考えているのでしょうね」

リリはトルーディにたずねました。

「あたしの判断《はんだん》を聞きたいの？　まだしていないのに」トルーディは高い声で鳴《な》きました。「まあ、いいでしょう。だいたい決《き》まっているから。そうね、あたしは森でくらしてみたいと思ってる。ここはとってもいいところだとは思う。ひどいと思うのは、今《いま》、ここでくらせなくなってしまうこと。とってもひどい。人間《にんげん》が森をこわしてしまうのは、意地悪《いじわる》。先に動物《どうぶつ》たちにどう思っているのか、たずねもしなかった。でも、木を切るのをいいことだと考える動物《どうぶつ》たちはいない。そのことを人間《にんげん》たちは知っている。だから、たずねなかったのよ。それに、動物《どうぶつ》み

んなに反対《はんたい》されたら、森をそのままにしておかなければならなくなってしまうでしょ。だから、人間《にんげん》は動物《どうぶつ》にはなにも聞かなかった」

ロックスさんと取材《しゅざい》チームは、トルーディのさえずる声を、目を見開《みひら》いて聞いていました。フクロウがなにかを伝《つた》えているのが、不思議《ふしぎ》なのです。

リリは、フクロウが話したことをすべて頭に入れて、通訳《つうやく》しわすれないように集中《しゅうちゅう》しました。リリは深《ふか》く息《いき》をすいこみ、話そうとしました。そこで、フクロウはさいごにひとこと言いそえました。

「それなのに、人間《にんげん》たちは、動物《どうぶつ》たちが移《うつ》り住《す》める新しい森をどこにも作《つく》ってくれない。そうでしょ？　だから、ぜんぶを考えると、ひどいこと。とってもひどい。ウフーニバルトもひどく悲《かな》しんでいる。とても心配《しんぱい》している」

リリはフクロウが話したこと伝《つた》えました。ロックスさんと取材《しゅざい》チームの人たちの目はさらに広がりました。みんなは二つのことに驚《おどろ》いていました。一つは、フクロウの言葉《ことば》と思われる鳴《な》き声を、リリが人間《にんげん》の言葉《ことば》におきかえたこと。もう一

つは、動物《どうぶつ》たちにも自分《じぶん》の考えや感情《かんじょう》があるということです。

ロックスさんはだまりこんでしまいました。

リリは、ロックスさんがなにか言うのを待《ま》っていました。けれども、ロックスさんはじっとリリを見つめているだけです。そこで、リリは言いそえました。「トルーディが森に住《す》んでいるワシミミズクのことを話していました。ウフーニバルトというフクロウです。わたしは、ウフーニバルトに森でこれからおこることを説明《せつめい》しました。ウフーニバルトはひどくショックを受《う》けていました。人間《にんげん》はどうしてそんなことをするのか、人間《にんげん》には、動物《どうぶつ》ほど、今《いま》すぐどうしても森が必要《ひつよう》ではないじゃないか、と言っていました」

ロックスさんは頭をかきました。「動物《どうぶつ》たちはそんなことを考えているのですか？　人間《にんげん》について考えているのですか？」

「もちろんです」リリは答えました。「特《とく》に、人間《にんげん》が動物《どうぶつ》をおびやかすようなときには。人間《にんげん》はすべての生《い》き物《もの》の中で、もっとも危険《きけん》な存在《そんざい》です」

ロックスさんはふたたびだまりこんでしまいました。リリの言葉《ことば》に困惑《こんわく》してしまったようです。

リリは言いました。「トルーディはたくさんの動物《どうぶつ》たちの中の一部《ぶ》です。守《まも》られなければならない動物《どうぶつ》はほかにも何百といるのです。なぜなら森は、そういった動物《どうぶつ》たちのもっとも大切《たいせつ》な生活空間《せいかつくうかん》だからです！　木が切られてしまったら、多くの動物《どうぶつ》たちは住《す》む場所《ばしょ》を失《うしな》ってしまいます。それに、切りたおされる木々だって……みんな生きているんです」そこでリリは考えてから、勇気《ゆうき》をふりしぼり、カメラに向《む》かって語《かた》りかけました。「森林伐採《しんりんばっさい》に対《たい》してなにかしたいと思っているみなさん、今晩《こんばん》、ツップリンゲンの森の広い野原《のはら》に、集《あつ》まってください。じゅうぶんに人が集《あつ》まれば、あしたの朝、人間《にんげん》の鎖《くさり》を作《つく》ります。それでブルドーザーを止《と》められるかもしれません」

ロックスさんは金《かな》しばりにあったようにリリをじっと見つめました。

リリは、言いわすれたことがあるのに気がつきました。「おっと、もう一つあ

りました。今《いま》、ツップリンゲンには、たくさんのモグラがいます。とても困《こま》ったことだと思われています。いたるところに穴《あな》をほって、土をほりだし、ところどころ、地面《じめん》が沈《しず》んでしまっているからです。けれども、モグラはとても役《やく》に立つ動物《どうぶつ》です。モグラは土の中に空気《くうき》を入れてくれます。それによって植物《しょくぶつ》がよく育《そだ》つようになります。ですから、モグラをそっとしておいてあげてください。モグラは悪《わる》いことをしません。いいことをしているのです。それに、ここでくらす権《けん》利《り》だってあるのです」

ロックスさんはすっかり静《しず》かになってしまいました。インタビューの前とは、リリを見る目がまったくちがっています。「どうもありがとうございました、リリアーネ」ロックスさんはやさしい声で言いました。「とても考えさせられるお話をしてくださいました」ロックスさんはカメラマンに終了《しゅうりょう》のサインを送《おく》りました。そして、取材《しゅざい》チームはかたづけ始《はじ》めました。ロックスさんはリリのところへやってきて、あく手をしました。「きみはとても特別《とくべつ》な少女《しょうじょ》だ。いつまでもそのままでいるんだよ、いいね？」

リリは、またもや顔が赤くなったのを感《かん》じました。

取材《しゅざい》チームは先生と生徒《せいと》たちに別《わか》れを告《つ》げると、まもなく合宿所《がっしゅくじょ》の敷地《しきち》から出ていきました。

「とってもすばらしかったわ、リリ！」テレビ局《きょく》の人々がいなくなるとすぐに、ヴォルケが大きな声で言いました。

「フクロウに救《すく》われたね」トリクシィはぼそっと言うと、リリをだきしめました。

「動物《どうぶつ》がいないと、あなたってまるっきりだめね」

リリはうなずきました。まったくそのとおりです。

「フクロウが決《き》め手《て》となったね！」ギュムニヒ先生もわりこんできました。「フクロウの話で、すべてが生き生きとしてきて、きんちょう感《かん》も出てきたよ。とりわけ、フクロウが話したことをきみが通訳《つうやく》したのが印象的《いんしょうてき》だった。テレビで見た人たちは、動物《どうぶつ》たちにもそれぞれに個性《こせい》があるとわかるだろうね。森の動物《どうぶつ》たち

も家庭《かてい》のペットも同じなんだ」

リリは肩《かた》をすぼめました。インタビューはうまくいったのでしょうか?

そのとき、イザヤの顔が見えました。イザヤの顔はクリスマスツリーのようにかがやいています。「まちがいない。今晩《こんばん》、ツップリンゲンの半分の住人《じゅうにん》がこの野原《のはら》にやってくるよ。それどころか町の人全員《ぜんいん》かもしれない! リリ、きみは最《さい》高《こう》だ!」

「そうかなあ」リリは自分《じぶん》でも信《しん》じられませんでした。

「ばつぐんにね!」トリクシィがさけびました。

「とってもすばらしい!」ソニヤが感動《かんどう》しています。

そこで、リリもようやくほほえみました。ほんとうに、何人か集《あつ》まってくれるかもしれません。それに、もしかしたら、森を救《すく》うチャンスがほんのちょっぴり出てきたのかもしれません。

魔《ま》法《ほう》の世《せ》界《かい》

それから二時間後《ご》、リリのインタビューがテレビで放映《ほうえい》されました。第《だい》一回目《かいめ》は夕方《ゆうがた》のニュースで、第《だい》二回目《かいめ》はその一時間後《ご》に流《なが》れました。そればかりか、特《とく》別番組《べつばんぐみ》でもとりあげられました。インタビューの内容《ないよう》は、視聴者《しちょうしゃ》の間に波紋《はもん》を呼《よ》びおこしました。これほどまでに自分《じぶん》が人々から関心《かんしん》を持《も》たれていることに、リリはとても驚《おどろ》きました。これは大きなチャンスです。人々の目がリリにだけでなく、森林伐採《しんりんばっさい》にも向《む》けられるからです。テレビを見た人々は、この問題《もんだい》をこれまでとはちがう新《あら》たな視線《しせん》でとらえるようになり、森が切りひらかれてしまうことに怒《いか》りを覚《おぼ》えることでしょう。これまでにも、ショッピングセンター建設計画《けんせつけいかく》に反対《はんたい》する市民運動《しみんうんどう》がありました。けれども、それほどたくさんの人が集《あつ》まらず、効《き》き目《め》がありませんでした。リリのインタビューがテレビで流《なが》されてから少《すこ》しすると、レポーターたちでごった返《がえ》す合宿所《がっしゅくじょ》へ、市民運動《しみんうんどう》のリーダーの女性《じょせい》がやっ

てきました。そして、いっしょに抗議活動《こうぎかつどう》をしよう、と提案《ていあん》してくれました。リリもイザヤもギュムニヒ先生も、それに、ほかの生徒《せいと》や先生たちも、みんなが賛成《さんせい》しました。反対運動《はんたいうんどう》をするにしても、ただやればいいというものではありません。やはり、専門的《せんもんてき》な知識《ちしき》を持《も》った人たちの手助《てだす》けが必要《ひつよう》です。計画《けいかく》では、野原《のはら》に集《あつ》まった人たちみんなで、あしたの朝までそこで待《ま》ちつづけます。そして、ブルドーザーが作業《さぎょう》を始《はじ》めるときに、みんなで手をつなぎ、切りたおされる木の前に立って森を守《まも》ります。リリの同級生《どうきゅうせい》も、イザヤの同級生《どうきゅうせい》も、みんなこの活動《かつどう》に参加《さんか》するつもりです。ギュムニヒ先生も、ほかの先生も参加《さんか》します。管理人《かんりにん》のユップとその家族《かぞく》までもが、野原《のはら》で野宿《のじゅく》をするつもりです。ボンサイとシュミット伯爵夫人《はくしゃくふじん》とトルーディもちろんいっしょです。

必要《ひつよう》な荷物《にもつ》をまとめ、すべての準備《じゅんび》が整《ととの》いました。そのとき、入り口のほうから聞き覚《おぼ》えのある声が聞こえてきました。「わたしたちも入れてもらえますか?」

「パパ!」リリは驚《おどろ》いて、ドアに向《む》かってかけていきました。パパだけではあり

ません。ママとおばあちゃんもいます。
「国中《くにじゅう》の人をかき集《あつ》めているのに、わたしらだけがうちでじっとしているわけにはいかないよ」おばあちゃんはウィンクしました。
　そのとき、リリはほんの少《すこ》し迷《まよ》いました。ほかの生徒《せいと》たちがいるところでも、パパとママに甘《あま》えてもいいのでしょうか？　ちょっぴりはずかしかったけれど、リリは、パパとママとおばあちゃんの首《くび》にだきつきました。みんなで来《き》てくれたのが、うれしかったのです。
これから、とても重要《じゅうよう》なことをや

ろうとしています。そんなときに家族《かぞく》の協力《きょうりょく》があると、大きな心《こころ》の支《ささ》えにもなります。

ボンサイはぴょんぴょんはねて、スーゼウィンド家《け》の人々に飛《と》びつきました。「男主人《しゅじん》！　女主人《しゅじん》！　それに、古《ふる》い女主人《しゅじん》！　みんないるぞ！」ボンサイはうれしそうにヘッヘッヘッと息《いき》をはずませています。「ものすごく、すごい。今《いま》、みんなここにいるんだ！　さっきまではいなかったのに、今《いま》みんないる。これって、すごすぎる！」

シュミット伯爵夫人《はくしゃくふじん》はリリのママの足に体をこすりつけました。「スーゼウィンド家《け》の女ご先祖《せんぞ》さま、お目にかかれて、たいへんうれしゅうございます！　ただちにわたくしに気を配《くば》ってくださいませ。そうでないと、わたくし、この先ずうっと悲《かな》しみにうちひしがれて、くらすことになってしまいますわ」猫《ねこ》は、ママの足の間に頭をぎゅうぎゅうおしつけながら、ニャアニャア鳴《な》きました。「今《いま》すぐなでてくださらないと、わたくしの心《こころ》の奥深《おくふか》くにあるなにかが、くずれてしまいます。なにかがはじけ飛《と》び、とりかえしのつかないことになりますわ、それも永遠《えいえん》に！」猫《ねこ》はニャアニャア声《こえ》をあげ、ママの足の間をすりぬけました。

ママはしゃがんで猫《ねこ》の首《くび》をなでました。

「おお、そこそこ！」猫《ねこ》はこのうえなく幸《しあわ》せそうに、ゴロゴロ喉《のど》を鳴《な》らしました。「もっと右でございます。耳のうしろ。いいえ、もう少《すこ》し左。そう、そこそこ……」

ママは猫《ねこ》をなでながら、リリをしんけんな表情《ひょうじょう》で見つめて言いました。「どうしてママに相談《そうだん》してくれなかったの？　ママの会社《かいしゃ》の人たちにインタビューをしてもらえないか、聞いてくれればよかったのに」

リリのまゆ毛が高くあがりました。そうです！　そうするべきだったのです！

ママはテレビ局《きょく》で働《はたら》いているのです。どうしてそんなことが思いつかなかったのでしょうか？「ギュムニヒ先生が……テレビ局《きょく》に電話《でんわ》してくれて……」リリは口ごもりました。

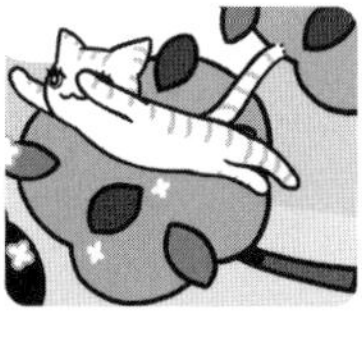

「いいのよ」ママはほほえみました。「すべてはうまくいったわ。でも、もっとインタビューを受《う》けるつもりなら、こんどはママに相談《そうだん》してね。いいわね？」

リリはうなずきました。「約束《やくそく》する」

「きょうは二つも残念《ざんねん》なことがあったなあ」パパは言いました。

リリは不思議《ふしぎ》そうにたずねました。「ママにインタビューをたのまなかったことだけじゃないの？　あと一つはなあに？」

「リリも、きょうは、頭がこんがらがっているんだな」パパは言いました。

「そうかもしれないわね」リリはみとめました。「ここへ来《き》てから、いろんなことがあったから……」

おばあちゃんは笑《わら》いました。「自分《じぶん》の誕生日《たんじょうび》をわすれてしまうほど、そんなにいろいろあったのかい？」

リリは目を見開《みひら》きました。「きょうはわたしの誕生日《たんじょうび》！」

パパとママとおばあちゃんは笑《わら》いました。それから、みんなはリリを強《つよ》くだきしめ、お祝《いわ》いの言葉《ことば》を伝《つた》えました。

「残念《ざんねん》だけど、プレゼントはうちにおいてきたわ」ママが説明《せつめい》しました。「こんなさわぎの中では、プレゼントに喜《よろこ》ぶよゆうもないでしょ」

ママの言うとおりです。「そうね。これから広い野原《のはら》へ行くの」リリは、玄関《げんかん》ホールに集《あつ》まっている生徒《せいと》たちを見ながら言いました。

「テントと寝袋《ねぶくろ》を持《も》ってきてよかった」パパは言いました。「よいおこないをするためのキャンプだ！」

リリは笑《わら》いました。そのとき、またもや入り口のチャイムが鳴《な》りました。ほかの生徒《せいと》たちの親もやってきたのです。子どもたちを抗議活動《こうぎかつどう》に参加《さんか》させてもいいか、生徒《せいと》たちの親《おや》に許可《きょか》をえるために、先生たちが連絡《れんらく》をしていたからです。ほとんどすべての保護者《ほごしゃ》が賛成《さんせい》してくれました。それどころか、保護者自身《ほごしゃじしん》も反対《はんたい》運動《うんどう》に参加《さんか》を希望《きぼう》しています。こうして、大勢《おおぜい》の生徒《せいと》のお父《とう》さんとお母《かあ》さんが、リリの活動《かつどう》を支援《しえん》しようと、しだいに合宿所《がっしゅくじょ》に集《あつ》まってきました。

準備《じゅんび》はすっかり整《ととの》いました。生徒《せいと》たちとその親《おや》、先生、リリの家族《かぞく》、管理人一家《かんりにんいっか》、ボンサイ、シュミット伯爵夫人《はくしゃくふじん》、それにトルーディ。みんないっしょに出発《しゅっぱつ》しました。森へつづく道《みち》を歩いていると、とちゅうからどんどんと人々が仲間《なかま》に加《くわ》わってきました。ツップリンゲンの住民《じゅうみん》、リリのくらす町の人々、それに、遠くからやってきた森林伐採抗議運動《しんりんばっさいこうぎうんどう》に賛同《さんどう》する人々です。

「おおい、リリ！」だれかが呼《よ》びました。

「フィンだ！」イザヤが言いました。「それに、アリゾナもいる！」

ほんとうです。フィンとアリゾナも野原《のはら》に向《む》かって歩いています！　リリとイザヤはふたりに近づいていきました。そのとき、そこにいたのはフィンとアリゾナだけではないのに気がつきました。リリが働《はたら》く動物園《どうぶつ》のほぼすべての従業員《じゅうぎょういん》と、ツップリンゲン動物《どうぶつ》公園のすべての飼育係《しいくがかり》が集《あつ》まり、一体《いったい》となって野原《のはら》を行進《こうしん》しています！

リリはみんなの姿《すがた》を見《み》ると、夢《ゆめ》を見ているような気分になりました。そして、飼育係《しいくがかり》たちに笑顔《えがお》であいさつしました。

「こんな重要《じゅうよう》な運動《うんどう》をするというのに、あなたをほうっておくわけないでしょ」

だれかが言いました。

リリは声のするほうを見ました。「ビネガー大佐《たいさ》！」

ビネガー園長《えんちょう》はほほえみました。「とてもすばらしい活動《かつどう》よ、リリアーネ。あなたに協力《きょうりょく》したくて、みんなでここへ来《き》たの」

リリはなにも考《かんが》えずに、園長《えんちょう》にだきつきました。すると、園長《えんちょう》は笑《わら》いながら言いました。「ほかにも協力者《きょうりょくしゃ》がいるわ」

「グリム司令官《しれいかん》！」リリ

は喜《よろこ》び、いたずらっぽく笑《わら》う動物《どうぶつ》公園の園長《えんちょう》にもだきつきました。

「何か月もの間、群《むら》がるレポーターをきみはずっと無視《むし》してきた」グリム園長《えんちょう》は言いました。「それなのに、彼《かれ》らの助《たす》けが必要《ひつよう》となるとはね」

「ほんとうですね」リリはみとめました。「こんなことになるとは、考えてもみませんでした。でも、今《いま》はレポーターたちがわたしに関心《かんしん》を持《も》っていてくれたことをとてもうれしく思います」

「きっと、野原《のはら》は大《おお》さわぎね」ビネガー園長《えんちょう》は言いました。はたして、園長《えんちょう》の予《よ》想《そう》はまちがっていませんでした。

みんなが野原《のはら》に到着《とうちゃく》すると、すでに何百人もの人々が集《あつ》まっていました。知っている顔がたくさん見えます。パパとママの友だち、近所の人々、同じ学校に通《かよ》う生徒《せいと》たちとその両親《りょうしん》、それに、かつて動物《どうぶつ》園で働《はたら》いていた庭師《にわし》のポンさんと、息子《むすこ》のバオもいます。トリクシィのおばあちゃんも、ヴォルケの家族《かぞく》もやってきました。なんてすばらしいのでしょう。これほどたくさんの人が集《あつ》まるとは。驚《おどろ》くことに、子どもの姿《すがた》もたくさん見《み》えます。

野原《のはら》に集《あつ》まった人々は、こしをおろし、小さな火をおこしたり、寝床《ねどこ》を整《ととの》えたりしていました。スーゼウィンド家《け》の人々もテントをたてて、たき火をしました。それからパパはギターをとりだし、歌《うた》い始《はじ》めました。「♪ハッピーバースデー　トゥー　ユー、ハッピーバースデー　トゥー　ユー」パパが歌《うた》いだすと、まわりの人たちもいっしょになって歌《うた》いだしました。「♪ハッピーバースデー　ディア　リリ、ハッピーバースデー　トゥー　ユー」歌声《うたごえ》の輪《わ》はまたたくまに広がりました。その場《ば》にいたすべての人たちの声が野原《のはら》にひびきわたり、最後《さいご》に熱狂的《ねっきょうてき》な拍手《はくしゅ》がおこりました。リリは耳を真《ま》っ赤《か》にしながら立ちあがり、おじぎをしました。

イザヤがリリのところへやってきて、興奮《こうふん》しながら言いました。「すごいよ！　野原《のはら》は人でうめつくされている！　木の間でキャンプしている人もいるよ！　作戦《さくせん》は大成功《だいせいこう》だ」

リリは笑《わら》いました。すると、足元《あしもと》のデイジーが大きくなりました。

リリは家族《かぞく》と仲間《なかま》とともにたき火を囲《かこ》んですわり、ポテトサラダ、それに棒《ぼう》につきさして火で焼《や》いたパンを食べました。

食事《しょくじ》がすむと、パパはふたたびギターを持《も》ち、だれもが知っているスローテンポな曲《きょく》をひきました。それに合わせ、トリクシィがきれいな声で歌《うた》い始《はじ》めました。みんなは静《しず》かに、じっと耳をかたむけました。となりのテントの人たちも驚《おどろ》いて、トリクシィの歌声《うたごえ》に聞き入っています。天使《てんし》のような声の持《も》ち主《ぬし》が、ボーイッシュなトリクシィだとは、信《しん》じられなかったのでしょう。リリは、そんなトリクシィをますますほこりに感《かん》じていました。

「フーフー、ンー、ボボボ……」とつぜん、トルーディが歌《うた》いだし、リリのバッグの中から顔を出しました。「ルルル、ホウホウ……」フクロウの歌《うた》は、曲《きょく》の音とはまったく合っていません。けれどもうっとりとした表情《ひょうじょう》で歌《うた》うフクロウはとてもかわいらしく、それを見ればだれもが思わずほほえんでしまいます。

「これがかの有名《ゆうめい》なトルーディね？」ママはほほえみながら、かわいらしいフクロウを見つめました。「あなたはとってもすばらしいことをするきっかけを作《つく》ってくれたのよ、小さなマダムさん」

もちろん、トルーディにはママの話していることがわかりません。知らん顔して歌《うた》いつづけています。リリは笑《わら》いました。リリのとなりでおばあちゃんも笑《わら》いました。

「今《いま》までで、もっともすてきなバースデーパーティだわ」リリはおばあちゃんに言いました。「魔法《まほう》の世界《せかい》みたい。夢《ゆめ》のよう」

おばあちゃんはリリの髪《かみ》をやさしくなでました。それから人でいっぱいになった野原《のはら》を見わたし、言いました。「ここに、たくさんの人が集《あつ》まってきた。それは、おまえが呼《よ》びかけたからだよ。とても大きな責任《せきにん》を引《ひ》きうけたんだ。そう思わないかい？」

リリはよく考えてから答えました。「とても大きな責任《せきにん》。そうね、そのとおりね。でも、森を助《たす》けられるのに助《たす》けなかったら、それもわたしの責任《せきにん》だったと思うの」

「おまえはいつからそんなにおとなになったんだい？」おばあちゃんはほほえみながらたずねました。

リリは照《て》れくさそうに言いました。「パパにも同じことを言われた」

それから、おばあちゃんはレポーターたちを見ました。レポーターたちは野原《のはら》を歩きまわって、人々にインタビューをしています。

「これだけ大勢《おおぜい》がここに集《あつ》まったんだ。あした、失敗《しっぱい》するとはとうてい考えられないね」おばあちゃんは言いました。

「ほんとうにそう思う？」リリは希望《きぼう》に満《み》ちた目でおばあちゃんを見つめました。

「ああ、そう思うよ。わたしたちにはできるとも」

リリは顔をかがやかせました。「そうね、わたしもそう思う」

人間《にんげん》の鎖《くさり》

「スーゼウィンド嬢《じょう》、まどろんでいる場合《ばあい》ではございません。すぐにおやめくださいませ」リリは目をぱちぱちさせました。胸《むね》の上にはシュミット伯爵夫人《はくしゃくふじん》がすわり、とがめるような目つきで見下ろしています。「全般的《ぜんぱんてき》に、今《いま》のわたくしの健康状態《けんこうじょうたい》はたいへん快調《かいちょう》でございますが、そうでなければ、このようなとんでもない人だかりは、わたくしのせんさいな神経《しんけい》には、ひどくさわります。ここにいらっしゃる数知《かずし》れない二本足のみなさんは、芸術《げいじゅつ》を理解《りかい》しないつまらない方々《かたがた》ではございませんこと？　それとも野蛮人《やばんじん》の集《あつ》まりかしら？　たいへんやかましいですわね」

人々のさわぎ声が聞こえてきます。「いいえ、ここにいる人たちは野蛮人《やばんじん》ではありません。よいことをするために集《あつ》まっている人たちです！」リリは急《きゅう》に目を覚《さ》ましました。朝です。人間《にんげん》の鎖《くさり》で森を助《たす》けられるか、ためされるときが来《き》まし

た。

「わかりましたわ。それでしたら、大目に見てさしあげましょう」猫《ねこ》は深《ふか》くため息《いき》をつくと、リリの胸《むね》の上から飛《と》びおりました。「ここでおこっていることは、そこそこおもしろいとは思いますのよ」

リリもそう感《かん》じています。とてもしげき的《てき》です！

「おはよう、おちびちゃん！」パパがテントの中に顔をつっこみ、言いました。

「朝ごはんができたよ」

「今《いま》、行く」

それから十分後《ぶんご》、リリとイザヤ、それにスーゼウィンド家《け》の人々は、テントの前にすわり、前の晩《ばん》の残《のこ》り物《もの》を食べました。ママはひどくやつれているように見えます。ママはキャンプがそれほど好《す》きではありません。それに、かたい地面《じめん》の上に寝《ね》るのもきらいです。それだからこそ、ママがここに来《き》てくれたことに、リリは感激《かんげき》していました。ほかの人たちもそうです。夜《よる》の森は気温《きおん》が低《ひく》く、あまり居心地《いごこち》はよくはありません。それなのに、みんなは決心《けっしん》し、ここに残《のこ》って森林伐《しんりんばっ》採《さい》を止《と》めようとしてくれているのです。

リリがそのようなことを考えていたのが合図《あいず》であったかのように、とつぜん、乗《の》り物《もの》の音が聞こえてきました。音は森をつきぬけ、どんどん近づいてきます。

「来《き》たぞ！」野原《のはら》に声がひびきわたりました。リリは飛《と》びおきました。ついにそのときが来《き》ました。けれども、思っていたよりもずっと早い時間にやってきてしまいました。きのうからここで待《ま》ちかまえていたのは、正解《せいかい》でした。

「みんな、柵《さく》の前に立つんだ！」だれかがさけぶと、無数《むすう》の声が同じようにさけびました。けれども、人々はどちらへ行ったらいいのかわからず、右往左往《うおうさおう》しています。そのせいで、たちまち大混乱《だいこんらん》におちいってしまいました。そんな中、リリのおばあちゃんやビネガー園長《えんちょう》のような統率力《とうそつりょく》のある人たちが先頭《せんとう》に立ち、人々をまとめ、柵《さく》の前に立たせていきました。

リリは息《いき》もせずに、目の前でおこっていることを見守《みまも》っていました。そして、

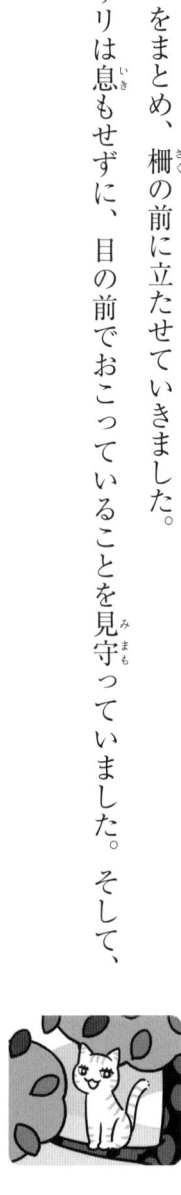

イザヤとパパの間に立ち、手をつなぎました。今《いま》ここで体験《たいけん》していることが信《しん》じられません。人々が、横並《よこなら》びに立って手をつなぎます。そして、どんどんとつながっていきます。こうして何百人もの人がつながり、長い人間《にんげん》の鎖《くさり》ができあがりました。柵《さく》の前にずらりと並《なら》び、一部分《ぶぶん》は二列《れつ》になっています。人が多すぎるのです。けれども、それは悪《わる》いことではありません。その反対《はんたい》です。みんなは森を守《まも》るためにそこにいるのです。どの顔にも、引《ひ》きさがるものか、と決意《けつい》があらわれています。

トルーディはリリのショルダーバッグの中で眠《ねむ》っています。ボンサイとシュミット伯爵夫人《はくしゃくふじん》はリリの足元《あしもと》にすわっています。「これほど栄光《えいこう》に満《み》ちたおふざけ

は、この世《よ》に二つとありませんわね！」猫《ねこ》はすっかり魅了《みりょう》されています。ボンサイはたえずしっぽをふりながら、なんどもウォッとほえました。「ウルトラすごいぞ！」

そこへ、作業員《さぎょういん》の一行《いっこう》が到着《とうちゃく》しました。何台《なんだい》ものブルドーザー、作業員《さぎょういん》を乗《の》せた大型車《おおがたしゃ》がぞくぞくとやってきました。

「しまった、きこり*だ！」イザヤはうめき声をあげました。「どうしてきこりのことを考えなかったんだ」

「きこりがたくさんいると、まずいことでもあるの？」リリはたずねました。

「ブルドーザーを止《と》めることばかり考《かんが》えていたよ……」イザヤは答えると、そこで言葉《ことば》を止《と》めました。

責任者《せきにんしゃ》のシュヴァルツシュテングル氏《し》が車からおりてきて、暗《くら》い表情《ひょうじょう》で人々を

＊きこり　森林《しんりん》の木を伐採《ばっさい》することを職業《しょくぎょう》とする人。

見わたしました。シュヴァルツシュテンゲル氏《し》は驚《おどろ》いていません。きっと、リリのインタビューをテレビで見たのでしょう。けれども、シュヴァルツシュテンゲル氏《し》のへの字《じ》に結《むす》ばれた口が、今《いま》の気持《きも》ちを物語《ものがた》っています。野原《のはら》に人が大勢集《おおぜいあつ》まっているのがおもしろくないのです。

野原《のはら》のはしには大勢《おおぜい》のレポーターが並《なら》び、撮影《さつえい》しています。その中に、リリはロックスさんの姿《すがた》を見つけました。

シュヴァルツシュテンゲル氏《し》は赤いヘルメットを正しい位置《いち》に直《なお》すと、メガホンを手にとり、しゃべりだしました。「作業員《さぎょういん》が到着《とうちゃく》しました。三十名の力強《ちからづよ》い男たちです！」シュヴァルツシュテンゲル氏《し》の大きな声は、メガホンを通して野《の》原《はら》のすみずみまでひびきわたりました。「彼《かれ》らにとっては、この鎖《くさり》をやぶるのはたやすいことです」すると、車から、どやどやときこりたちがおりてきました。背《せ》の高い、強《つよ》そうな人たちです。どの人も、鎖《くさり》を作《つく》っている人よりも力がありそうです。

「ブルドーザーでは作業《さぎょう》が進《すす》められない。ぼくらをひくわけにはいかないからな」リリのパパはつぶやきました。「きこりは、ぼくらにとっては危険《きけん》だよ。手を引《ひ》きはなせばいいんだ。そうやってすきまができれば、ブルドーザーも中へ入れる」

リリはくちびるをかみしめました。問題《もんだい》がなにか、今《いま》、リリにもわかりました。さて、どうしたらいいでしょうか？　リリはイザヤを見ました。イザヤの表情《ひょうじょう》はきんちょうしています。

「こんなことになるとは思ってもみなかったわ。シュヴァルツシュテンゲルがここまでするとはね」パパの横《よこ》でママが言いました。「ここにはとてもたくさんの子どもたちがいるのよ！　それに、マスコミだってすべてを撮影《さつえい》している。それでも、きこりは子どもと親《おや》がつないでいる手を引《ひ》きはなすのかしら？　そんなシーンが世界中《せかいじゅう》をかけめぐってもいいのかしらね」

それから、おばあちゃんの声が聞こえてきました。「あの男はひどく怒《おこ》っているよ。ごらんよ。どんなことでもやりかねないような顔をしているよ」

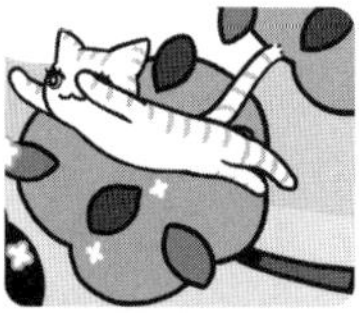

シュヴァルツシュテンゲル氏《し》はかんかんです。必死《ひっし》になって怒《いか》りをおさえているものの、声はひどくふるえています。

「みなさんには、もはやチャンスはありません。ですから、さっさとうちへ帰《かえ》りましょう。このままでは、けが人が出るかもしれません」

「ぼくら子どもたちが、鎖《くさり》の中でもっとも弱《よわ》い部分《ぶぶん》だ。ねらわれるかもしれない」

イザヤはつぶやきました。イザヤが必死《ひっし》になって考えているのがわかります。

「ぼくらはきこりにはたちうちできない。でも、まだできることがあるよ」

リリはイザヤを見つめました。「どんなこと？」

「木に登《のぼ》ればいいんだ」イザヤは柵《さく》の向《む》こう側《がわ》にあるセイヨウトネリコとシナノキを見ながら小声《こごえ》で説明《せつめい》しました。「きこりたちに鎖《くさり》が引《ひ》きはなされても、子どもたちが登《のぼ》っている木を切れやしないさ。それに、ぼくらを木から引《ひ》きずりおろそうにも、お手上げだ」イザヤの目には決意《けつい》があらわれています。「ヴォルケ、トリクシィ！」イザヤはそれほどはなれていない場所《ばしょ》に立っている少女《しょうじょ》たちにささやき、アイデアを説明《せつめい》しました。ヴォルケとトリクシィはすぐに近くの子どもに伝《つた》えました。こうしてイザヤのアイデアは、たちまち伝達《でんたつ》されました。「リリ、きみはここに残《のこ》って」イザヤはこそこそ言いました。「みんなからよく見えるよう、鎖《くさり》の中にいるんだ。なんと言っても、きみはこの活動《かつどう》のシンボルなんだから」

リリには意味《いみ》がよくわかりませんでした。けれどもイザヤが、このまま今《いま》の場《ば》所《しょ》にいるようにと言うのですから、そうするつもりです。

そこで、イザヤは片手《かたて》をあげて合図《あいず》を送《おく》り、同時《どうじ》に、反対《はんたい》の手で指笛《ゆびぶえ》を鳴《な》らしました。その瞬間《しゅんかん》、子どもたちはいっせいにつないでいた手《て》をはなしました。驚《おどろ》いて、引《ひ》き止《と》めようとする親もいます。けれども、みんなは稲妻《いなずま》のようなスピードで、柵《さく》の向《む》こうにある木に向《む》かってかけだしました。

シュヴァルツシュテンゲル氏《し》は口をあんぐりと開《あ》けて驚《おどろ》いています。けれどもすぐに、子どもたちの計画《けいかく》に気づいたようです。

「やめろ！　止《と》まれ！」シュヴァルツシュテンゲル氏《し》はさけびました。もちろん、だれも止《と》まりません。子どもたちは暴《あば》れん坊《ぼう》の集団《しゅうだん》のように柵《さく》をのりこえ、木によじ登《のぼ》りました。指《ゆび》を組み、両手《りょうて》でふみ台《だい》を作《つく》り、ほかの子を持《も》ちあげたり、木の上から手を引《ひ》っぱったりしました。こうしておたがいに助《たす》け合いながら枝《えだ》に登《のぼ》り、あっというまに、生いしげる木の葉《は》の中に姿《すがた》を消《け》してしまいました。

「なんて壮大《そうだい》なおふざけかしら！」シュミット伯爵夫人《はくしゃくふじん》が大きな声で鳴《な》きました。「かがやかしいアイデアですわ。木の葉《は》の中でかくれんぼ。わたくしも参加《さんか》いたします！」猫《ねこ》は、うしろにある木にすばしこく飛《と》びつきました。

ボンサイはあたふたと、リリと猫《ねこ》の貴婦人《きふじん》の間を行ったり来《き》たりしています。それから、興奮《こうふん》しながらほえました。「リリ！　リリ！　みんな、木に登《のぼ》っているよ！　めちゃくちゃすごいよ！　おいら、木の下で見張《みは》っているよ！」ボンサイは、ヘッヘッヘッと息《いき》をはずませながら子どもたちに向《む》かって走《はし》っていくと、番犬《ばんけん》のように、一本の木の根元《ねもと》で体をふせました。

シュヴァルツシュテンゲル氏《し》は、凍《こお》りついたようにその場《ば》に立ちつくしています。子どもたちは、おとなたちの鎖《くさり》よりもさらに効《き》き目《め》のあるやり方《かた》で木を守《まも》っています。どんなことがあろうと、人が登《のぼ》っている木をたおすわけにはいきません。それに、人間《にんげん》の鎖《くさり》も、子どもたちがぬけてしまったからといって、切れたままではありません。すきまができた場所《ばしょ》には、二列目《れつめ》に並《なら》んでいた人たちが入り、さっとふさいでしまいました。こうして、あっというまに鎖《くさり》はもとのように力強《ちからづよ》く、とぎれなくつながりました。

テレビ局《きょく》の取材班《しゅざいはん》は、目の前でくりひろげられる光景《こうけい》を、夢中《むちゅう》になって撮影《さつえい》しています。とつぜん、リリのうしろにロジャー・ロックスさんが立っていました。

「おはよう、リリアーネ」ロックスさんはリリの肩《かた》をたたきました。

リリはふり返《かえ》り、驚《おどろ》きました。「おはようございます」

「なにか用《よう》ですか？」パパはあやしんでいます。

「だいじょうぶよ」リリが説明《せつめい》しました。「ロックスさんのことは知っているの」

パパはうなずきました。けれども、レポーターの登場《とうじょう》に、あまりうれしそうではありません。

「きみの立っている場所《ばしょ》は、朝日が反射《はんしゃ》してうまく撮影《さつえい》できないんだ」ロックスさんは急《いそ》いで説明《せつめい》しました。「きみの姿《すがた》をカメラでとらえることがほとんどできない。日があまり当たらない場所《ばしょ》に移動《いどう》してくれるかな？」ロックスさんは反対《はんたい》側《がわ》をさしてたずねました。「きみの姿《すがた》をきれいに撮《と》る必要《ひつよう》があるんだ。このニュースにはひじょうに大切《たいせつ》なことなんだよ。だって、きみはこの活動《かつどう》のシンボルだからね！」

リリは考えこんでいました。イザヤにも同じことを言われました。けれどもそれがどういう意味《いみ》かはどうでもいいと思いました。

そのとき、おばあちゃんが言いました。「リリはここを動《うご》きませんよ」

けれども、リリは言いました。「わかりました。いっしょに行きます」

おばあちゃんはあっけにとられてリリを見つめました。

「すぐにもどってくるからね」リリはそう言うと、パパの手をはなしました。

「ロックスさんにお返《かえ》ししなければならないことがあるの。ロックスさんがいなければ、ここにはだれも来《き》てくれなかったから」

パパとママとおばあちゃんはリリを見つめ、とまどっています。リリはほほえむと、ロックスさんについていきました。

人間《にんげん》の鎖《くさり》に参加《さんか》している人々は、目の前を通りすぎるリリを興味津々《きょうみしんしん》に見ています。ほかのレポーターたちも、リリが移動《いどう》してくれたことにとても喜《よろこ》んでいるようです。みんなは逆光《ぎゃっこう》のせいでうまく撮影《さつえい》できずに困《こま》っていたのでしょう。

リリは知らない人の間に入りました。けれども、そんなことはかまいません。ほんの少《すこ》しの間、撮影《さつえい》するためだけのことなのです。

人間《にんげん》の鎖《くさり》の中に立つリリの姿《すがた》を、いくつかの取材《しゅざい》チームが撮影《さつえい》しました。その間、シュヴァルツシュテンゲル氏《し》は話しつづけていました。「この事業《じぎょう》には、たいへんな費用《ひよう》がかかっている。あんたたちはここでしていることをどう思ってい

るんだ？」シュヴァルツシュテンゲル氏《し》の声は、怒《いか》りでかん高くなっていました。

「これから作業員《さぎょういん》が鎖《くさり》をたち切る。そうすれば、すべてがまったくむだであったと気づくはずだ！」シュヴァルツシュテンゲル氏《し》はきこりたちに合図《あいず》しました。

ところが、きこりたちは動《うご》きません。顔を見合わせ、目で会話《かいわ》をしています。

それから、そのうちのひとりが大声で言いました。

「ここにいる人たちの主張《しゅちょう》はまちがっていない！　さらなるショッピングセンターなど必要《ひつよう》ない！」

何人ものきこりがうなずき、意味《いみ》ありげに胸《むね》の前で腕組《うでぐ》みをしました。

シュヴァルツシュテンゲル氏《し》は驚《おどろ》いています。従業員《じゅうぎょういん》が自分《じぶん》にさからっているのです！　シュヴァルツシュテンゲル氏《し》は全身《ぜんしん》をふるわせ、かんかんに怒《おこ》っています。そして、メガホンを投《な》げすてて、かけだしました。

「ろくでもないことをしやがって。なにもかも、おまえのせいだ！」

シュヴァルツシュテンゲル氏《し》はとりみだしてさけび、リリに突進《とっしん》しました。

「娘《むすめ》になにをするんだ！」パパのどなり声が聞こえました。けれども、パパは鎖《くさり》の反対側《はんたいがわ》にいます。リリのいる場所《ばしょ》からはあまりにもはなれすぎています。パパがここに来《く》るまでに、シュヴァルツシュテンゲル氏《し》につかまってしまいます。

リリのひざが、がくがくふるえました。パパ、ママ、おばあちゃん、ビネガー園長《えんちょう》、フィン、グリム園長《えんちょう》、それに何人かの人たちが、リリを守《まも》ろうとしてかけだしましたが、シュヴァルツシュテンゲル氏《し》は、リリのすぐそばまでせまっています。リリは恐怖《きょうふ》のあまり、かたまって動《うご》けなくなっていました。シュヴァルツシュテンゲル氏《し》はなにをしようとしているのでしょうか？　リリをつきとばそうとしているのでしょうか？　それとも、もっとひどいことをするつもりなのでしょうか？

リリと手をつないでいた人たちは、怒《いか》りくるった男がこちらに向《む》かって走《はし》ってくるのに気がつくと、恐怖《きょうふ》で横《よこ》へよけてしまいました。とつぜん、リリはひとりぼっちになってしまいました。シュヴァルツシュテンゲル氏《し》はすぐそこにせまっ

ています。

そのとき、とつぜん、リリのショルダーバッグの中からトルーディが飛《と》びだし、舞《ま》いあがりました。

リリはびっくり仰天《ぎょうてん》し、フクロウを見つめました。トルーディが飛《と》んでいます！　バタバタと羽をあおぎ、空中《くうちゅう》で舞《ま》っています。それも、シュヴァルツシュテンゲル氏《し》の顔の前で！

「あっちに行きなさい、このバカ者《もの》！」小さなフクロウは男に向《む》かってさけびました。「リリに手を出したらゆるさないわよ！」

トルーディは男の顔の前を飛《と》びまわり、男を止《と》めようとしています。シュヴァルツシュテンゲル氏《し》はさけび、フクロウをたたき落《お》とそうとしました。「あっちへ行け！」シュヴァルツシュテンゲル氏《し》は、はげしく手をふりまわしましたが、トルーディには当たりません。フクロウはおどるように飛《と》びまわり、小《ちい》さな羽で男の顔をバンバンぶちました。「あなたにはリリをつかまえられない。好《す》きなだけさけぶがいいわ、おバカさん！」

リリには信《しん》じられませんでした。トルーディがリリを守《まも》ろうとしています！

そのとき、ボンサイもやってきました。「おいら、メット野郎《やろう》にほえついて、ずたずたにしてやる！」犬はキャンキャンほえながら、シュヴァルツシュテンゲル氏《し》に向《む》かって勢《いきお》いよくかけだしました。「ここから先へは進《すす》ませないぞ。一歩《ぽ》でも動《うご》いたら……シュミちゃんを呼《よ》ぶぞ！」

シュミット伯爵夫人《はくしゃくふじん》はすでに到着《とうちゃく》しています。そして、ボンサイの横《よこ》で言いました。「すぐに止《と》まりなさい、この野蛮人《やばんじん》！」猫《ねこ》は背中《せなか》を高くあげてフーッと威《い》嚇《かく》しました。「警告《けいこく》しますわ！　これよりスーゼウィンド嬢《じょう》に近づいたら、わたくしの視線《しせん》で屈服《くっぷく》させてやりますわよ！」

そこへ、ウフーニバルトが飛《と》んできて、シュヴァルツシュテンゲル氏《し》を威嚇《いかく》しました。「止《と》まれ！」

シュヴァルツシュテンゲル氏《し》はこれより先へは進《すす》めません。動物《どうぶつ》たちの勢《いきお》いに

おされて、すっかりとりみだしています。トルーディをたたこうとするのもやめ、ワンワンほえる犬と口やかましい猫《ねこ》をじっと見つめています。

そのとき、シュヴァルツシュテンゲル氏《し》の体がぴくっと動《うご》き……ちぢんでしまいました。

はじめ、リリにもなにがおこったのかわかりませんでした。けれども、シュヴァルツシュテンゲル氏《し》の足元《あしもと》に、ほったばかりのモグラの穴《あな》が二つあるのに気がつきました。次《つぎ》の瞬間《しゅんかん》、男はさらに小さくなりました。土の中に足がどんどん沈《しず》んでいきます。モグラたちが、シュヴァルツシュテンゲル氏《し》の足の下の土を急《きゅう》ピッチでくりぬいているのでしょう。すでに、ふくらはぎの深《ふか》さまで沈《しず》んでいます。

パパとママとおばあちゃんが、リリのもとへやってきました。ビネガー園長《えんちょう》とフィン、それにほかの人たちもつづいて到着《とうちゃく》しました。イザヤもかけつけました。シュヴァルツシュテンゲル氏《し》がリリに手出しできないように、みんなでとりでのようにリリの前に立ちました。けれども、動物《どうぶつ》たちの力で、すでにシュヴァルツシュテンゲル氏《し》は止《と》められてしまいました。

リリのまわりの人々は落《お》ちつきをとりもどし、ふたたび鎖《くさり》を作《つく》りました。そして、リリと家族《かぞく》の前に立って、シュヴァルツシュテンゲル氏《し》をどんどん追《お》いやりました。シュヴァルツシュテンゲル氏《し》はよろめきながら穴《あな》から出ると、リリの前から去《さ》っていきました。

シュヴァルツシュテンゲル氏《し》は遠くからわめきました。「きさまら、今《いま》に後悔《こうかい》するぞ！」

そのとき、リリは気がつきました。女の人が片手《かたて》をあげて、手に持《も》っている紙をぴらぴらとふりながら野原《のはら》をつっきって歩いています。市民運動《しみんうんどう》の指導者《しどうしゃ》です！　反対《はんたい》の手には、シュヴァルツシュテンゲル氏《し》が投《な》げすてたメガホンを持《も》っています。「ツップリンゲン町役場《まちやくば》からのお知らせがあります！」女の人はメガホンを通じて言いました。みんなは聞き耳を立てました。「町民《ちょうみん》の切実《せつじつ》な要望《ようぼう》にもとづき、ショッピングセンター建設計画《けんせつけいかく》を中止《ちゅうし》します！」

人々が歓声《かんせい》をあげたので、おばあちゃんがリリの耳元《みみもと》でささやきました。「森の木は切られなくなるということだよ」

リリは喜《よろこ》びのあまりさけびました。野原《のはら》にいるすべての人が夢中《むちゅう》になって歓声《かんせい》をあげています。野原《のはら》のはしで取材《しゅざい》していたレポーターたちも飛《と》びあがって喜《よろこ》び、きこりたちも笑顔《えがお》でだき合い、おたがいの背中《せなか》をたたいています。子どもたちは木からおりて、家族《かぞく》のもとへかけもどり、いっしょになって笑《わら》いました。

「成功《せいこう》したぞ！」イザヤは大声をあげて、おどるようにリリを勢《いきお》いよくまわしました。「ぼくらは森を救《すく》ったんだ！」

夢《ゆめ》を見ているような気分です。「ええ、わたしたち、やったのね！」

リリはゆっくりと言うと、ほっと息《いき》をはきだし、笑《わら》いました。みんなが力を合わせたおかげで、やりとげられたのです！

「それにしても、シュヴァルツシュテンゲルはとんでもないやつだな！」イザヤは大声で言いました。「すっかりおかしくなっていたもんなあ！　トルーディのおかげで助《たす》かったよ……」

リリはうなずきました。「一番《ばん》早く動《うご》いてくれたのがトルーディだったわね。トルーディの勇気《ゆうき》がなければ、どういうことになっていたかしら」リリは空を見上げ、小さなフクロウをさがしました。そして、木のてっぺんよりも高い空を、ウフーニバルトと飛《と》んでいるのを見つけました。小さなフクロウは不安《ふあん》を乗《の》りこえ、森の上を高々《たかだか》と飛《と》んでいます。

トルーディは、リリが見ているのに気がつき、リリののばした腕《うで》に舞《ま》いおりました。

「トルーディ、助《たす》けてくれてありがとう」リリは泣《な》き笑《わら》いしながら言いました。

「いいのよ」トルーディは高い声で鳴《な》きました。「あたしは冒険《ぼうけん》をしたかった。今《いま》、その冒険《ぼうけん》をした。だから判断《はんだん》できる。冒険《ぼうけん》はとってもいいと思う。ほんとうに、とってもいい！」

「あなたは英雄《えいゆう》ね！」リリは大きな声で笑《わら》いました。すると、リリの足元《あしもと》の草が

ひざの高さまでのびました。それを見ていた人たちに指《ゆび》をさされたり、レポーターたちに撮影《さつえい》されたりしても、ちっとも気になりませんでした。

そのとき、リリの目の前に、ひとりの少女《しょうじょ》があらわれました。少女《しょうじょ》はとても感動《かんどう》しているように見えました。リリはこの少女《しょうじょ》を見たことがありません。だれなのかたずねようとすると、トルーディがとつぜんさけびました。「いとしのお嬢《じょう》ちゃん！」小さなフクロウは二回《かい》羽をはばたかせ、少女《しょうじょ》の肩《かた》にのりました。そして、少女《しょうじょ》のほおに体をぎゅっとおしつけました。

少女《しょうじょ》はトルーディをなでながら、静《しず》かに話しかけました。トルーディは深《ふか》くため息《いき》をつき、さらに強《つよ》く体をおしつけました。

イザヤとリリは意味《いみ》ありげに視線《しせん》を交《か》わしました。

「あなたがエミリーね」リリは、少女《しょうじょ》が顔をあげたときに言いました。

「どうしてわたしの名前を知っているの？」

「手紙に書いてあったんだよ」イザヤは説明《せつめい》しました。「伝書《でんしょ》フクロウの手紙さ」

「伝書《でんしょ》フクロウ！」エミリーは大声をあげました。「わたしは、ほんとうにばかなことをしてしまったわ！　ハリー・ポッターの映画《えいが》を見て、それで……」エミリーは首《くび》をふりました。「まったくどうかしていたの」

「そうだね」イザヤはエミリーに言いました。

エミリーはひどく後悔《こうかい》しているような表情《ひょうじょう》で、リリを見つめました。「そもそも、トルーディを家《いえ》の中でなんて飼《か》ってはならなかったのね。今《いま》ならよくわかる。まだとても小さなヒナのときに、わたしのおばさんがプレゼントしてくれたの。おばさんはトルーディを森で見つけたの。巣《す》から落《お》ちたヒナを拾《ひろ》ったのよ。あまりにもかわいらしくて、そのまま飼《か》ってしまったの」エミリーはすまなそうにリリを見つめました。「あなたのインタビューをテレビで見たの。その中で、あなたは言ってたわ。野生《やせい》の動物《どうぶつ》が家《いえ》の中でくらすのはよくないって。そのときに、自分《じぶん》がどんなにひどいことをしてしまったのか、はじめて気がついたの。トルーディがわたしのことを好《す》きでいてくれるのはわかってる。わたしもトルーディの

ことが好《す》き。でも、わたしのせいで、トルーディは野生《やせい》で生《い》きるための方法《ほうほう》を学《まな》ばなかったのね。わたしはトルーディの人生《じんせい》をだいなしにしてしまったの」

「そうとは言いきれないわ」リリは言いました。

エミリーは驚《おどろ》いてリリを見つめました。

「あなたがしたことは、確《たし》かにまちがっていたけれど、でも、トルーディにはまだ、自然《しぜん》の生き方《かた》をとりもどすチャンスがあるかもしれない」

「どういうこと？」エミリーはたずねました。

「上のほうで飛《と》んでいる鳥《とり》が見える？」リリは、青空に舞《ま》う大きな鳥《とり》をさしました。「あれはワシミミズクのウフーニバルト。ウフーニバルトがトルーディの知らないことをすべて教えてくれるわ」狩《か》りをして、獲物《えもの》をとる光景《こうけい》を想像《そうぞう》すると悲《かな》しくなりました。けれどもそれは自然《しぜん》なことです。そうあるべきなのです。

「トルーディが森でくらせるチャンスがまだあるということ？」

「そうだよ」イザヤは答えました。「今《いま》ならまだ、必要《ひつよう》なことをすべて学《まな》べるよ。

それに、森の木は切られないことになった。トルーディはこの森のどこかに、すてきな巣穴《すあな》を見つけられるよ」

リリはトルーディを見守《みまも》っていました。あいかわらずエミリーにぎゅっと体をおしつけて甘《あま》えています。「トルーディに会いに、ときどき森へ来《こ》られる?」リリはエミリーにたずねました。

すると、トルーディは飛《と》びあがりました。「わあ、それはとてもいい思いつき。今《いま》までの中で、一番《ばん》いい思いつき、リリ!」トルーディは興奮《こうふん》しています。「あたしは森でくらして、お嬢《じょう》ちゃんがあたしを訪《たず》ねてくれる。そのときにプリンと小さなおふろを持《も》ってきて、歌《うた》を歌《うた》ってくれるの!」

リリは、トルーディが話したことをエミリーに伝《つた》えました。エミリーはすっかり興奮《こうふん》しています。「そうするわ!」エミリーは大きな声で言うと、トルーディのくちばしにチュッとキスをし、勢《いきお》いよくおなかをなでました。

「ウハハ! ウホホ! くすぐったい!」トルーディは笑《わら》うと、エミリーのジャ

ケットのえりの内側《うちがわ》に頭をつっこみました。おしりだけがのぞいています。

リリは思わず声をあげて笑《わら》いました。大声を出して笑《わら》ったせいで、まわりの草がこしの高さまで成長《せいちょう》し、数えきれないほどたくさんの花が咲《さ》きました。花のつぼみが猛《もう》スピードでふくらみ、声をはりあげて笑《わら》っているかのように、いっせいに開《ひら》きました。

そのとき、イザヤがリリの手をとり、言いました。「約束《やくそく》してよ。これが最後《さいご》の冒険《ぼうけん》ではないって」

「もちろんよ。約束《やくそく》する！」リリは答えました。

おわり

「動物《どうぶつ》と話せる少女《しょうじょ》リリアーネ★スペシャルⅢ」につづく

訳者《やくしゃ》あとがき

シリーズ第《だい》十巻《かん》。今回《こんかい》の物語《ものがたり》の主人公《しゅじんこう》は、日本でも人気のフクロウです。フクロウは、ワシ、タカ、ハヤブサなどとともに猛禽類《もうきんるい》に属《ぞく》する肉食《にくしょく》の鳥《とり》で、するどいつめとくちばしを持《も》ち、高いところからねらいをつけて獲物《えもの》をとる、狩《か》りの名人です。昆虫《こんちゅう》やネズミ、モグラやカエルや鳥《とり》といった小型動物《こがたどうぶつ》ばかりでなく、キツネなどの大きな動物《どうぶつ》をとらえたという、驚《おどろ》くような記録《きろく》もあります。

本書《ほんしょ》に登場《とうじょう》するキンメフクロウは体長《たいちょう》二十五センチ前後《ぜんご》、翼《つばさ》を広げると五十五センチ前後《ぜんご》の小型種《こがたしゅ》、一方《いっぽう》、ワシミミズクは体長《たいちょう》六十五センチ前後《ぜんご》、翼《つばさ》を広《ひろ》げると、百六十センチをこえる大型種《おおがたしゅ》です。日本ではどちらも希少種《きしょうしゅ》で、絶滅《ぜつめつ》のおそれのある野生《やせい》生物《ぶつ》として、環境省《かんきょうしょう》のレッドリストに掲載《けいさい》されています。数が減少《げんしょう》している原因《げんいん》は、乱《らん》獲《かく》や森林伐採《しんりんばっさい》、交通事故《こうつうじこ》などがあげられます。

ドイツでは、フクロウの飼育《しいく》は規制《きせい》されています。フクロウは調教《ちょうきょう》によって人間《にんげん》になつく動物《どうぶつ》でありますが、大空を飛《と》びまわって狩《か》りをし、長寿《ちょうじゅ》であることなどから、飼《し》育《いく》には適《てき》さないと考《かんが》えられています。ちなみに、小型種《こがたしゅ》で十五年前後《ぜんご》、大型種《おおがたしゅ》では五十年近く生きる個体《こたい》もいます。そのために、個人《こじん》や動物《どうぶつ》園での猛禽類《もうきんるい》の飼育《しいく》、調教《ちょうきょう》の禁止《きんし》を呼《よ》びかける自然保護《しぜんほご》団体《だんたい》もあります。特《とく》に問題《もんだい》とされているのが、飼育《しいく》されている猛禽《もうきん》の多くが、もとは野生《やせい》だったという点です。規制《きせい》されている種《しゅ》に関《かん》しては密猟《みつりょう》を助長《じょちょう》する上に、飼育《しいく》・調教《ちょうきょう》の仕方《しかた》も虐待《ぎゃくたい》に当たる、と保護《ほご》団体《だんたい》はうったえています。

ところで、わたしたちがフクロウと接《せっ》するときには、注意《ちゅうい》が必要《ひつよう》です。たとえば、巣《す》から落《お》ちた（ように見《み》える）ヒナを見つけたとき。当然《とうぜん》、わたしたちは保護《ほご》しようとするでしょう。ところがこれが、思いがけない結果《けっか》になることがあるので要注意《ようちゅうい》です。「飛《と》ぶ練習《れんしゅう》をしているだけなのかもしれないのです。ですから、山や森でフクロウのヒナを見つけても、持《も》ち帰《かえ》らないようにしましょう。母親《ははおや》から引《ひ》きはなしてしまうと、その後《あと》は自然《しぜん》に返《かえ》すのがむずかしくなります。

さて、物語《ものがたり》の中で、リリとイザヤは『人間《にんげん》の鎖《くさり》』というデモ活動《かつどう》を計画《けいかく》し、多くの人々は、ドイツではデモ活動《かつどう》は第三巻《だいかん》でもとりあげられましたが、ドイツではデモ活動《かつどう》は盛《さか》んにおこなわれている活動《かつどう》の一つです。デモが必《かなら》ず成功《せいこう》するわけではありませんが、人々に問題《もんだい》を知《し》らしめ、多くの人とともにたたかうための有効《ゆうこう》な手段《しゅだん》とされています。だれもなにも言わない、だから自分《じぶん》もだまっていよう――それは正しいことでしょうか？　ちょっと立ち止《ど》まって考えてみませんか？　ほんとうはおかしいと思っているのに口をつぐんでいると、思いがけない方向《ほうこう》に導《みちび》かれてしまうこともあります。正しくないことに対《たい》して声をあげる勇気《ゆうき》を持《も》つこともときには大切《たいせつ》です。そんなターニャさんの熱《あつ》い思いが伝《つた》わってきたのではないでしょうか。

本書《ほんしょ》の最後《さいご》のリリの言葉《ことば》によれば、リリとイザヤの冒険《ぼうけん》はさらにつづいていくようですね。今後《こんご》の展開《てんかい》をどうぞお楽しみに！

二〇一四年　十一月　　中村智子《なかむらともこ》

●著者紹介

タニヤ・シュテーブナー

ドイツ、ノルトライン＝ヴェストファーレン州生まれ。10歳で物語を書き始める。デュッセルドルフ、ヴッパータール、ロンドンの大学で、文芸翻訳、英語学、文学を学ぶ。翻訳および編集の仕事にたずさわったのち、現在は、児童書、ヤングアダルトを中心に作家として活躍中。 ホームページ（ドイツ語）http://tanyastewner.de/

●訳者紹介

中村 智子

神奈川県生まれ。ドイツ語圏の児童文学を中心に、さまざまな分野の書籍紹介に取り組んでいる。訳書に「動物病院のマリー」シリーズ、「フローラとパウラと妖精の森」シリーズ（学研教育出版）、「真珠のドレスとちいさなココ」「アントン――命の重さ」（いずれも主婦の友社）、「つばさをちょうだい」（フレーベル館）他。

●イラストレーター紹介

駒 形

大阪府在住。京都の造形大を卒業後、フリーのイラストレーターとなる。モノ作りの計画を考えたり，たまに実行するのが趣味。
ホームページ http://komag.sakura.ne.jp/

●イラスト協力

やとやにわ　70、115、237、245、277ページ挿絵。

●装丁・本文デザイン

根本 泰子

書籍デザイン、イラストレーターとして活躍中。超猫好き。

動物と話せる少女リリアーネ⑩
小さなフクロウと森を守れ！

2015年2月18日　第1刷発行

著者　タニヤ・シュテーブナー
訳者　中村 智子
イラスト　駒形

発行人　小袋 朋子
編集人　小方 桂子
編集企画　川口 典子　　編集協力　上埜 真紀子

発行所　株式会社 学研教育出版
〒141-8413 東京都品川区西五反田2-11-8
発売元　株式会社 学研マーケティング
〒141-8415 東京都品川区西五反田2-11-8

印刷／製本　株式会社 リーブルテック

この本に関する各種お問い合わせ先

[電話の場合]
＊編集内容については ☎03-6431-1615（編集部直通）
＊在庫、不良品（落丁、乱丁）については ☎03-6431-1197（販売部直通）

[文書の場合]
〒141-8418 東京都品川区西五反田2-11-8
学研お客様センター「動物と話せる少女リリアーネ」係
＊この本以外の学研商品に関するお問い合わせは ☎03-6431-1002（学研お客様センター）

（お客様の個人情報の取り扱いについて）
本アンケートの個人情報の取り扱いに関するお問い合せは、児童・ティーンズ事業部（Tel.03-6431-1615）まで
お願いいたします。当社の個人情報については、当社HP（http://gakken-ep.co.jp/privacypolicy）をご覧ください。